文春文庫

明日の約束

辻仁成

目次

明日の約束

ポスト

　ある時、私はようやく気がついた。いきなり気がついたというわけではなく、ある程度の期間を経て少しずつ。

　女はいつも昼ちょっと前に郵便局に顔を出し、私から見て正面やや左手、窓際に聳《そび》える円柱の袂《たもと》の椅子に潜むように腰掛ける。

　窓口は全部で七つ、私は三番窓口を受け持っている。建物は十九世紀中葉の建造物で、かつてここは退役軍人専用のクラブだった。そのせいか天井は高く、床は大理石、通りに面した正面のガラス戸は分厚く、しかも壁一面に使われている。私は特に、郵便局が開く直前の、がらんとしたホールの澄んだ空気、或いはガラス越しに差し込む午前中の光りの筋、壁時計の秒針が時を刻む乾いた音、といったものが好きだ。

人々は発券機で整理券を取って、ホールで待つ。電光掲示板に自分の番号が点灯したら指示された窓口へと行く。昼前後と夕刻は順番を待つ人々で局内が賑やかになる。

女が私に向かってにこりと微笑んだ時、私は咄嗟《とっさ》に、次の利用者に違いないと思った。ところが窓口には犬を連れた初老の男性が立った。女はまっすぐに私を見つめていた。相手の素性が分からなくとも、笑みを向けられれば笑顔を戻さぬわけにもいかない。

これだけははっきりと言えることだが、この女から直接的に迷惑を被ったことは今までに一度も無い。間接的には不愉快な思いをしたこともあるが、女に悪気があったとは思えない。女は何かを仕出かすわけでは無く、雨の日も風の日も休むことなくやって来て、ただ私を見ていくだけ。目が合うと微笑む。時には胸元で小さく手を振ることもある。昼過ぎにはいなくなる。それが彼女がした全てのこと。

出来る限り女を見ないよう心掛けることにした。何者なのか見当さえつかないのだから、関わらない方がいい。見てもほんの一瞬。いることが分かると、私は直ぐさま目をそらした。郵便局という場所は暇を持て余した人々の集まりやすいところでもある。気安く笑みなんかを投げ返したのがそもそもの間違いだった。

こういう連中はほうっておくのが一番。相手にしなければいずれ諦めて来なくなる。

ところが女は私の視界の先に陣取っており、完全に無視することも難しい。見ないようにしているつもりでも、気がつくと女と視線を交わしていることがあった。

女のことを同僚らに話したことはない。毎日、自分のことを見にくる女がいる、だなんて発言は慎むべきだ。七番窓口のMMに好意を持っていたし、つまらないことで誤解を受けたくなかった。

女はお世辞にも美人とは言えなかったし、身形《みなり》も垢抜《あかぬ》けなかった。抜け毛の多い犬のように、髪の量は少なめで、差しこむ光りによって、金色の髪はいっそう弱々しく輝き、頭頂の輪郭までが透けて見えた。

女は休まず通いつづけた。二、三か月もすると、女がそこにいることにも慣れて、気にならなくなった。微笑みを向けられれば、自然に、私の口許も緩んだ。女は罪を犯しているわけではない、ただ微笑むだけだ。帰ってください、というのは過剰な反応というもの。世の中にはいろんな人間がいる。その一々に目くじらをたてることもない。

女を見る日もあれば、見ない日もあった。微笑み返す時もあり、機嫌が悪ければ無視することだってある。一週間くらい忘れている時もあり、慌てて思い出して女のことを探す時もあった。どんな時も、女はそこにいたし、必ず笑みが戻ってきた。

その時点ではまだ、ほかの局員は女の存在に気がついてはいなかった。女はわざと混雑する時間帯を選んでいたし、柱の陰に潜んだり、立っている人々の背後に隠れながら、私を盗み見ていた。保護色をした動物さながら、人々の色あいの中に紛《まぎ》れる女。

その行動は規則的である。十一時四十五分くらいに決まってやって来た。目が合うと、微笑んだり、手を振ったりし、次に気がつくと、もういなくなっていた。郵便を出したり、切手を買い求めることはしなかった。だから私は今日まで、一度もこの女の声というものを聞いたことがない。

女とのやり取りに特別な意味は無かった。あえて言うならば、退屈な日々のささやかな暇つぶし。嬉しいとか楽しいとか、そのような感情が芽生えたことはない。忙しい時は女に気を配る余裕さえ無かった。人の流れが途切れた時に思い出し、慌てて顔を上げると、犬のように待つ女がいる。女は情けない顔つきで微笑み、それから、安堵《あんど》の吐息をこぼす。

女が私に何を求めているのか、考えはじめると途端に分からなくなり、困惑した。何故私を見にくるのか、いくら考えても思い当たらない。私なんかに微笑んで、どうしようというのだろう。何か、陰謀が隠されている？　でも、いったいなんのために？

名前も住所も何も知らないのだから、確かめようがない。なすすべもないまま、時間だけが過ぎていった。

季節の移り変わりとともに女の存在は、風景の一部のようになって、人々の中に埋没していった。それは豊かに繁ったマロニエの木を見上げているのに等しい。風が吹くと一斉に枝葉が靡《なび》き、同時に、自分が見ていた葉っぱを見失う。そんな感覚。

ある時、半年ほどが過ぎた頃だが、はじめて私は女を郵便局の外で目撃した。女は骨《こっ》董《とう》屋のウィンドーを覗き込んでいた。道幅は狭かったが、バスも走っているごちゃごちゃした通りでのこと。どうしようか迷った。声を掛けることもできたが、実際には何もしなかった。大型車が過《よぎ》る。私は通行人とぶつかる。謝っているうちに女を見失ってしまう。

行きつけのカフェで見かけたこともある。仕事帰りに立ち寄ったら、コの字を描くカウンターの端っこ、年代物のレジスターの脇で、女は一人ワインを呑んでいた。いつもの逆、私は男たちの間に紛れ込み、そっと様子を窺《うかが》った。女の心の内を想像しながら……。

女は時々、給仕や隣の席の男に小声で話しかけていた。親密にではなく、独り言を呟《つぶや》くように、ぼそぼそと。まともに取り合う者はいない。迷惑そうに、男たちは小さく頷《うなず》くだけだ。

年齢は三十代の半ばか後半くらいだろう。化粧はしていない。鼻が他の部位に比べやや大きい。バランスが悪いというのではなく、むしろその鷲鼻《わしばな》が、意思の強さを想像させるのに一役買っていた。

カウンターは仕事帰りの連中で賑わっている。彼女がいるところが一番端。女は珍しく薄いベージュ色のコートを肩に掛け、ワインには手をつけず、自分の手元をじっと見つめている。何世紀も前に活躍した画家が残した絵の中の人物のよう。もちろん、私自身もその絵の中の一部であろう。誰かが描いた、保守的な街の垢抜けないカフェの一隅に、私とその女はいた。

私は働きはじめてすぐの頃、知人の紹介で知り合った女性と結婚した。うまが合わず言い合いを繰り返したが、それでも五年間も一緒に暮らしてしまう。離婚後は特に恋人というものは作らず一人暮らしを続けている。幸いというのか、子供はいなかったので、別れた人とはそれっきり。

仕事が終わると、夕食を兼ねてカフェやバーを梯子《はしご》し、この地区の顔なじみたちと呑みながら、サッカーや競馬の話などに花を咲かせた。時にはマリファナを吸うこともあるが、娼婦を漁《あさ》るようなことはなく、夜は遅くとも十二時前には寝るよう心掛けている。恋人はいないが、七番窓口のMMとは気が合う。お互い離婚経験があり、精神的に共有するものがあって、話も弾《はず》む。口説くのは簡単だが、一度そういうムードを持ってしまうと、その瞬間から二人の間に特別な関係が生まれ、うまくいってもいなくとも面倒くさくなる。早い話が、結婚というものにはこりごりしているのだ。

とにかく、苦い思い出を噛みしめていたところに女は現れた。特別な駆け引きなど必要ない存在だった。ただ遠くから私を眺めているだけの罪のない人。

だからか、私はある時、ちょっとした弾みで女に手を振り返してしまった。なんでそんなことを仕出かしたのかは分からない。うれしそうな顔で、女は頷いた。

それ以来、私はごく自然に、女に向けて手を振り返すようになった。周囲に勘づかれぬよう、客と客の入れ替わりの、僅かなタイミングをついて、そっと。からかっていたわけではなかったし、かといって女に心引かれていたわけでもない。募金をするような気分だったのではないか。或いは、英雄気取りで。

――再婚したんだってね。

バーで呑んだくれていた時のこと、どこからともなくこのような噂が回ってきた。私は驚き、慌てた。躍起になって噂を否定するが、顔見知りの者らは笑うばかり。噂を最初に口にした男に、その出所を訊ねたが、誰かが言ってたよ、誰かが、とはぐらかされた。誰か、というのが気になる。心当たりを探ってみるが、自分以外はみんな、誰か、であり、砂漠の中から同系色の砂粒を見つけ出すような行為だった。

ほったらかしにしていた虫歯がある日、ずきずきと痛みだす経験というものは誰にでもある。同じように、この噂は数か月を経て不意にあちこちで噴出した。手紙を出しにきた顔見知りの利用者らが申し合わせたように、再婚したんだって、と言いだした。小包や封書を秤《はかり》の上に載せたまま、私はその都度言葉を詰まらせた。

決定的だったのは、MMの一言である。仕事が終わり、帰り支度をしているMMをロッカールームの出口で呼び止めた時のこと。

「あなたの奥さんは毎日のようにやって来て、あなたの仕事ぶりを監視しているって。時々、あなたに合図を送ることもあるって。局の人間も目撃しているわ」

「そうじゃない。違う、それは噂にすぎない。俺はほんと、いい迷惑しているんだ」

必死で否定したが、細かく説明するには話が複雑過ぎた。馬鹿げた話さ、と私はもう一度低い声で抗議したが、そこまで。MMを食事に誘うことなど出来やしなかった。手をこまねいてじっとしているわけにもいかない。噂なんかに振り回されるほど私はお人好しでもない。噂を振りまく連中から遠ざかるように、仕事が終わったらわざわざ地下鉄に乗って隣街まで出掛けて行き、知り合いが一人もいないカフェでビールを呷《あお》った。

あの女が郵便局にのこのこやって来ても、もはや顔を合わせることはしなかった。私はひたすら仕事に没頭し、時間が来たら誰にも何も言わず帰路についた。雑音を遮断して生きることは、難しくはない。生きている世界の外側に一歩踏み出すだけでいい。新しいカフェに顔見知りはいなかったが、煩わしさよりも孤独の方が気が楽なこともある。サッカーの試合中継を、他の客らに混じって観戦していれば、寂しさなんてものは紛れる。気さくに話しかけてくる人間はどこにでもいるし、みんなと一緒に喚声を張り上げていれば一体感だって簡単に得られる。

アパルトマンは殺伐《さつばつ》としていたが、滅多にものを買わないせいで、荷物が増えることも無ければ減ることも無かった。ここもまた変化を嫌う世界と言えよう。出掛ける前の自分の痕跡を私は夜戻ってきては発見する。前の晩に使ったワインのグラスには、底の方に赤ワインの残り滓《かす》が沈殿し、こびりついていた。読みかけの雑誌や、脱ぎ捨てられたシャツなどを片づけてから、そそくさとベッドにもぐり込んだ。

大抵、寝室の電気は点《つ》けたまま眠った。テレビも点けっぱなしのまま。つい、あの女のことを考えてしまう時もあったが、そういう場合は無理やり欠伸《あくび》をしてみせて、脳裏に現れた女を追い出した。

周囲というものの外で生きていても、完全に雑音を消すことは不可能であった。幾つかは耳に届く。たとえば『女はたいへん嫉妬深く、夫が浮気をしないか毎日仕事ぶりを見に来る』というものや、その逆の『夫が女を一人にしておくのが心配で、仕事場に顔を出すよう命じている』といった類のくだらない作り話なんかが……。

私は元来、忍耐力というものだけには長《た》けていた。二度と見ない、と決めたら徹底した。椅子の角度を少し動かし、円柱が目に入り難いようにした。家の周りでうろちょろするのは避けた。買い物だって車で遠出をした時に郊外の大型スーパーでまとめ買いをすることにした。女を目撃することはもう無かった。人の噂だって、こっちが気にしなければ、川面《かわも》を汚す泥の程度。すぐに消えてなくなった。

さらに、時間が流れた。女は私の視界の先から消えた。いつもの席に座っているのだろうが、私にはもう見えなかった。目の前の利用客だけを見た。利用客の手元を見て、手渡された封筒や小包の宛先だけを視線でなぞった。そこに書かれてある国名や都市名や名前、或いは筆跡なんかを眺めては、気持ちを紛らわせた。疲れた時は窓ガラスの向こうに広がる空を見上げた。顎《あご》を少し上げるだけで、見える世界は違ってくる。

女を見なくなって、さらに時が流れた。この間、七番窓口のMMは妊娠していたことが判明、郵便局を辞めている。私の父親が闘病生活の末、他界した。その遺産の相続に関して、私は兄弟らと少し揉《も》めた。結局、私は一銭も求めない、という誓約書にサインすることになった。生きていれば、多かれ少なかれ、つまらないことは降りかかる。それを振り払っているだけでも、日々は忙しい。

女の存在は意識から薄れはじめていたし、そういう女がいたことさえも忘れかけていた。警戒心も次第に弱まっていた。けれども四六時中、二十四時間、気を張り詰めて生きていくことは出来ない。いくら精神力が強くとも、間違いの一つや二つは起きる。

ある時、私は思わぬ迂闊《うかつ》を仕出かした。女を意識と視界から排除して随分と時が経っていた。いくらなんでも、もういなくなっただろう、とたかをくくっていた。その日は朝から忙しく、てんてこまい。利用客は途切れることがなかった。ようやく一段落した時、思わず気が緩み、欠伸をした。次の瞬間、私は、柱の袂に見覚えのある顔を見つけた。微動だにせず、こっちをじっと見ているあの女。

女は私と視線がかち合った瞬間、その口許に控えめな笑みを拵《こしら》え、それから右手を軽く持ちあげると、ちょっと躊躇《ためら》った後、胸元で小さく振ってみせた。私はこの数か月を急いで振り返り、最後に女を見た時のことを思い出そうと試みた。まだMMが七番窓口で働いていた頃である。私は四番窓口の同僚をすばやく見、それから救いを求めるように二番窓口の人間を振り返った。彼らは接客中で、取り付く島もなかった。

すみませんが、これ。誰かが、郵便物を私に差し出した。視界の奥、長いこと消し去っていた風景の中で、女がゆっくりと立ち上がった。満足そうな笑みを湛《たた》えた女は、陽光が溢《あふ》れる古めかしいホールの中を、日時計の針さながらゆっくりと移動した。

女は次の日も、そのまた次の日もそこにちゃんといた。あれほど無視したというのに、ずっと通いつづけていた。呆れるよりも先に私は驚き、この女の意思の強さに目眩《めまい》を覚えた。

気持ちというのは不思議なものである。無視したり、消し去ったり、忘れようとしたり、不愉快に思ったり、意識したり、気になったり、或いは欲したり。同じ一人の人間の心であるはずなのに、いろいろな形に変化する。その変化は目に見えるものではなく、私という人間の内部の深い場所で、人知れず、刻々と形を変えている。砂丘の風紋が少しずつ動いていくように、私の心の襞《ひだ》も時間とともに……。

アレルギーにも似た不快感が、ある瞬間、中毒症状にも似た快楽へと変わることもある。あんなに避けていた女のことが、急に気になりだして、そのうち、なくてはならないものに変わる、ということだって時にはある。最初、女がどうしてあのような行動をとるのか分からなかった。そのうち、自分のとっている行動の方が理解できなくなっていく。

十一時四十五分頃になると、私は自然に女を探すようになった。待ちきれず、女がやってくる前に彼女が座るべき席を見てしまうこともあった。そこに違う人間が座っていると、違和感を覚えた。ここにも古びた絵画があり、完成された背景は、主人公が到着するのをおとなしく待っていた。女が現れると、私の爪先や指先が微《かす》かな痙攣《けいれん》を起こした。

女は微笑んだ。こっそり手を振ることもあった。微笑まないで、手だけ振ることも。その違いについて、私は想像を巡らせた。微笑まずに手を振るだけ、という時は、心なしか、女に疲れを感じたし、何か彼女の身の上に悲しい出来事が起きたのではないか、と思った。微笑んだ上に手を振る場合は、彼女のコンディションが良好だと理解した。そのようなささやかな変化の中に、私は女が生きている確かな根拠を発見するのだった。私はもはや周囲のことさえ気にせず、女に手を振り返していた。気持ちはすっかり緩みきっていた。だから、利用客の一人が、あなたの奥さんですってね、と背後を一瞥《いちべつ》して告げた時、私は冷水を浴びせられたような動揺を覚えた。男は、うらやましい限りです、ああやって毎日あなたの働きっぷりを見に来る奥さんがいるんだもの、と微笑みながら言った。油断をすると、このようなしっぺ返しが起きる。噂は私の知らないところで生きつづけていた。見ぬふりをして見ている人々の視線というものに、私は軽い嘔吐感を覚えた。

季節が移り変わるように、私の周囲も時間とともに、繁ったり、色づいたり、枯れたり、とさまざまに変化した。紅葉のように分かりやすい変化ではない。それは私の中だけで、ゆるやかに移り変わっていくもの。私だけが見つけることの出来る違い。

冬のある日、私は隣街のカフェで呑んだ後、歩いて自宅まで戻る途中、スーパーマーケットの前に屯《たむろ》する、家を持たない人々の中にあの女を発見する。スーパーの一角は雨風を凌《しの》ぐには丁度いい屋根と壁があり、同じような境遇の人間が飲み物や食べ物を持ち寄っては、呑んだくれていた。女は男たちの中心で微笑んでいた。女が私に向けていたあのいつもの微笑みを、この男たちに対しても浮かべていた。誰かが、女にワインのボトルを回した。女は瓶を摑んで、口のみした。家に戻った後も、どこからともなく湧き起こってくる不愉快な気持ちは収まらず、結局私はこの正体のない苛立ちをアルコールで鎮めて眠った。

翌日、私は女の方を見なかった。次の日も、その次の日も無視をした。なのにその翌日、私はふくれっ面をして女を睨んだ。まるで長年連れ添った妻に向ける甘えのような仏頂面《ぶっちょうづら》で。女は微笑むのを止め、背筋を伸ばした。

年が明ける頃には、濁った川面も流れる水のせいで再び美しく澄んで輝いた。蟠《わだかま》りもすっかり消え去り、――それはまるで恋人同士の喧嘩の後のように、或いは別れた夫婦が縒《よ》りを戻す感じに似て、私たちは再び秘密の合図を送りあうようになっていた。最初に亀裂の修復を試みたのは女ではなく、私である。依怙地《いこじ》になっても、仕方がない、と私は反省をした。女は私の妻でも恋人でもないのだから、この人にあたるのは筋違いというもの……。

ベッドにもぐり込み、テレビからこぼれ出る声やノイズを聞きながら眠った。音量は睡眠を邪魔しない程度にして。眠くなるまで天井を見上げていた。ふと、女の顔が心を過《よぎ》った。化粧もしていない、かさかさの顔。目が合うと、ほんの少し、泣きそうになり、それから主人を待ちわびた愛犬のように無邪気に微笑む、あの顔。右手が心臓の辺りで数度小さく揺れた。手を振るというほどのものではないが、主張のある合図だ。

「じゃあまた明日ね」

そういう風に聞こえた。

だからこそ、女が郵便局に姿を見せなかった日、私は仕事が手に付かなかった。女がいないというだけで、局内がまったく違った世界に見えた。光りも人々のざわめきもなにもかもが異質に感じられてならなかった。

何度も何度も円柱の袂へと視線をやった。郵便局が閉まると、私は誰もいなくなったホールを見つめて、一人途方に暮れた。毎日必ず同じ時間に来ていた女が不意に来なくなるというのは、それだけで、私を動揺させるに十分な理由であった。

——何があった？

私は一日中考えつづけた。夜は眠れず、食事も喉《のど》を通らなかった。深夜、私は我慢できずベッドから抜け出すと、スーパーマーケットまで走った。毛布にくるまった男たちが車止めのスペースで雑魚寝《ざこね》をしていた。近寄って覗き込んだが、そこに女の姿は無かった。

次の日も女は来なかった。仕事帰り、私は久しぶりに近所の、かつて通いつめていた馴染《なじ》みのカフェに立ち寄った。私の顔を見ると給仕が手を伸ばした。私たちは握手をして、二言三言、言葉を交わした。カウンターに居並ぶ顔見知りが振り返り笑顔を向けた。何も変わってはいなかった。

ビールを注文し、落ちつかなく辺りを見回した。女が前に一人で酒を呑んでいたレジ脇のカウンターの上で、差し込む夕刻の光りが反射し、きらきらと眩《まぶ》しく輝いていた。

そのまた次の日も、女は来なかった。仕事帰り、あてもなく近所をふらついた後、私は、一旦《いったん》はアパルトマンの階段を登りかけたが止めて、郵便局まで引き返した。交差点に面した正面玄関の石段に腰を下ろし、煙草をふかしながら家路を急ぐ人々を眺めた。私の気持ちに反して、空は晴れ渡っていた。力のある冷たい風が私の頰を浚《さら》っていく。

そして四日目、三番窓口に所長がやってきた。交代の人間と一緒に。所長はそっと私の肩に手を置いた。

所長室には警察の人間が待っていた。四日前、この近くで人身事故がありまして、と男は切り出した。轢《ひ》かれて亡くなった女性の身元を調査している、とのことだった。

「あなたの奥さんに似ている、という証言がありましてね」

驚きながらも私は、厄介事が降りかかりつつあることを認識し、嘆息をこぼした。確認してほしい、と警察の人間は言った。それは誤解です、全くの嘘で、でたらめなんです、と口にしかけて、躊躇った。言葉は喉元を焦がしただけで消えた。

私の心を包み込む複雑で不愉快な気持ちも、死体安置所であの女の亡骸《なきがら》と再会した途端、陽光によって溶かされる朝もやのように、すっと、どこへともなく散った。はじめて女の視線を感じた日のことを思い出した。遠い昔のことのように思えてならなかった。

私は遺体をしばらく覗き込んでいた。いろいろなことがあった。実際には何もないのに、無数の記憶が蘇《よみがえ》ってきた。

私は横たわる女の頰にそっと手を伸ばし、

「確かに、私の妻に間違いはありません」

と告げた。

明日の約束

男がうとうと眠りかけていたその時、銃声が響きわたった。フロントガラスが粉々に砕け、ついさっきまで呑気に鼻唄を口ずさんでいた現地人の運転手が崩れ落ちるようにしてハンドルに頭を押しつけた。直後、車体が大きく傾き、四輪駆動車は道から逸《そ》れて藪《やぶ》に突っ込み、森の手前で横転した。男の体は投げ出されるような形で車とともに一回転、天井やドアに体をぶつけた後、最後は座席に叩きつけられた。ガラス片が鈍い光を放ちながらそこかしこに散乱し、誰のものか分からぬ血が床に溜まった。血の匂いよりもガソリンを強く感じた。運転手や助手席の通訳の名を呼んだが応答はない。ボンネットから煙が立ち上っている。ガソリンに引火する前に脱出しなければならない。強く打ちつけた肩を庇《かば》いながら男は必死で上体を起こした。後部窓ガラスやリヤウィンドーも割れており、そこから、炎上する車列が見えた。診察道具の詰まった肩掛け鞄が、捲《めく》れた鉄板に引っ掛かり、男は身動きがとれなくなる。外すのに手間取っていると、血に塗れた手がハンドルを掴んだ。運転手を助け出そうと身を乗り出した男の視線の先に、機関銃を抱えた兵士らの姿が現れた。彼らは容赦なく車列に向かって銃を掃射しはじめた。男は力任せに鞄を引っ張り、後部ハッチから飛び出した。命からがら密林に飛び込んだ時、背後で、四輪駆動車が爆発炎上した。

ここから先はもっとも危険な地域です、と告げた通訳の言葉が、密林を逃げまどう男の脳裏に蘇る。政府の力の及ばない、暴力と殺戮《さつりく》と暗黒が支配する世界です。そのど真ん中を通過しなければ難民キャンプには辿《たど》りつくことができません。運転手は、そんな目にあったこと一度もないよ、と嘲笑した。密林に道は無く、薄暗く、刺《とげ》のある蔦《つた》が足に絡みつき、男の前進を阻んだ。たとえ逃げおおせても、言葉も分からなければ、通訳もいない。ボランティアの医師だ、と説明することすらできない。どっちへ向かえばいいのか分からない。どっちから来たのか、も分からなくなりつつある。元の場所に戻ってしまう危険性だってある。

微かに聞こえる水の音をたよりに、警戒しながら沢を下った。鬱蒼《うっそう》と繁る森を抜けると、想像していたものよりもずっと大きな川に出た。濁っているのに、川面が輝いている。流れに沿って河岸を下る。男はかつて熱心な信仰を持っていたが、医大を卒業する頃に宗教との関わりをあやふやにした。毎日、四万人の子供が餓死している現実を知り、神の存在に疑問を抱いたせいで。

祈りを捨てるというわけではなく、神を探す旅に出るだけだ、と自らに言い聞かせて信仰と距離をとった。病院で働きだしてまもなく医療援助活動の募集を見つけた。気がついたら紛争地域の直中《ただなか》に立っていた。

政治的な利害に関わりなく活動していても、誤解されて攻撃を受けたり、誘拐されたり、或いは殺されたりする。それでも男は何かに取りつかれたように、紛争地域を回りつづけた。もしも神がいるなら、と言い残して息を引き取った少年のことが忘れられない。神様のところに行くの、と言って死んでいった少女のことも。臨床経験の乏しい男にとって、なすすべもなく死んでいく人々の姿はあまりに痛々しく衝撃的な現実でもあった。

まもなく男は粗末な渡し場に、一艘だけ繋がれたボートを見つける。運転経験など無い。このまま当てもなく密林を彷徨《さまよ》い続けるわけにもいかなかった。ボートで川を下れば、人のいる、もう少し安全な場所に出られるだろう。少し離れたところに小屋があり、戸口に銃が立てかけられてあった。迷ったが、死ななかった自分の運を信じて、ボートに足を踏み入れた。小屋の戸が開くのとほぼ同時に、男は繋がれていたロープを解き、足で渡し場を蹴ってボートを川中へと出した。エンジンの始動スイッチを押したが、うんともすんとも言わない。中程に手動用装置と見られるワイヤがあった。力任せに引っ張ってみると、エンジン音が響きわたり紫煙が立ち込めた。動きはじめたが、思うように操舵出来ず、ボートは川の中程で蛇行した。兵士が撃った銃弾が数発ボートをわずかに掠《かす》めて着水し、水柱が立った。男は体を低め、無我夢中で舵を操る。下流へ向かわなければならないというのに、ボートは川の流れに逆らって進みはじめていた。

暗緑色の水路を上流へと上っていく。追手が迫ってくる様子はなかった。川幅は、進むにつれ次第に狭まり、鬱蒼と生い茂る密林が左右に迫ってきた。燃料が尽きる頃、日が暮れた。男は手でボートを漕いで岸につけ、流されぬように河岸の低木にロープで結わいつけて固定した。肩掛け鞄の中を漁り、いつのものか分からぬ機内食のクラッカーを捜し出した。みるみる光りが失われていく。吸い取られていくように光りはどこへともなく消え失せる。目を凝らして周囲を見回した。暗緑色だった川面はいまや溶岩流のように絶望的な黒さへと変化していた。水の流れの他には何の音も聞こえない。鳥の鳴き声や草木の揺れる音さえも。光りが完全に失われると、水音だけが立ち上がった。雨音のような音ではなく、一連なりの流動音。川の音というものをこれほど真剣に意識して聞いたのは生まれてはじめてのこと。光りが無いせいで逆に水がよく見えるような気がした。

一晩中起きていたせいもあり、明け方、男は深い眠りに落ちてしまった。気がつくと原地人らしき男たちに包囲されていた。彼らは、ついて来るように、と指図した。中に一人、鉈《なた》を持っている者がいたが、威嚇されているという印象は受けなかった。

集落は密林を切り開く形で忽然《こつぜん》と男の眼前に姿を現した。茅葺《かやぶ》きの家が集会場のような広場を囲む形でいくつも建っていた。男が連行されて来ると、どこからともなく住民が顔を出し、集まってきた。やはり裸同然、腰の辺りに布を巻いているだけ。Tシャツや短パン姿の女性たちもいたが、ほんの数名に限られていた。鉈を持った男性が男の横に控え、動かない。他の者たちは男を遠巻きにし、微笑んでいる。子供が恐る恐る男に近づき、果実を手渡すなり、母親の元へと走って逃げた。人々の間から笑い声が弾ける。どうやら殺されずにすみそうだ、と男は安堵した。同時に、忍耐していた気持ちが緩み、悲しみが堰《せき》を切ったように喉元から溢れ出た。殺された同僚たちのことを思い出したせいもある。炎上する車列の中には、この数か月をともに過ごした同じ志の医者たちがいた。

太陽が頭上に昇った頃、男の前に食事が出された。肉でも魚でもないこりこりとした感触の何かと、どろどろに溶けた豆でも芋でもない茶色い液状の何か。手で摘《つま》んで食べなければならない。美味しいわけではなかったが、空腹を満たすことは出来た。食事が終わると男は集会場正面に建つ、茅葺きの家に案内された。中は意外に広々としており、土間に老人が寝そべっていた。老人を囲むように数名の高齢の村人が座し、見守っている。男は老人の枕元に座るよう命ぜられた。老人は全身に玉の汗をかき、震えている。典型的なマラリアの兆候が見受けられた。苦しみを堪《こら》え、老人はじっと男を見つめた。濁りのない澄んだ目をしている。男は肩掛け鞄から聴診器を取り出す。了解を取り付けるような眼差しで、長老たちの顔をゆっくりと見回してから、老人の胸元に聴診器をそっと押し当てた。鉈を持っていた者が飛び掛かる勢いで男の肩を鷲摑みにし、怒声をあげた。老人は咳《せ》き込みながらも、言葉を投げつけ、周囲の者たちを制した。穏やかだが説得力のある声音である。振り上げられていた鉈はゆっくりと下ろされた。熱に朦朧《もうろう》としながらも、老人は威厳を失わず、横たわっていた。男は診察をはじめ、老人がマラリアに冒されていることを確認した。再び鞄を漁り、自分のために用意しておいたキニーネを取り出し、老人に注射した。注射針を腕に刺す瞬間、鉈を持った者が背後で落ちつかなく動きまわった。いかなる紛争地域にいようと、診察をしている最中に恐れを感じたことだけはなかった。

翌日、男は再び老人の前に連れていかれた。草を編んで拵《こしら》えた寝具の上で老人は泰然と座していた。診察の後、快復に向かいつつあることを、男は老人に頷きと微笑みで伝えた。長老たちが男に酒をふるまった。老人は穏やかな顔で男をじっと見つめていた。

降り頻《しき》る雨のせいで、男はあてがわれた小屋から出られずにいる。雨の音はしなかったが、茅葺き屋根を伝って落ちる雫《しずく》の音が一日中鳴りやまなかった。男は老人の病気を治したことで村人から一目置かれた。果物や食事を女たちがせっせと届けた。中に一人若い女性がいて、部屋の掃除など、男の世話をした。娘は男のために果物の皮を剝《む》き、それを器に入れて、男に差し出した。それを一つ摘み、口に入れる。果実の甘酸っぱい味が口腔に広がった。仮設診療所で覚えたこの国の言葉で礼を述べたが通じなかった。

いったいこれからどうしたらいいのか、男には分からなかった。奇跡的に生き残ったことを喜ぶべきか、仲間を失ったことを悲しむべきか、国連NGOの支部が置かれた街までどうやって戻ればいいのか、まったく想像がつかなかった。第一、自分がどの辺りにいるのかも分からない。眠れず、雨音を聞きながらじっとしていると、襲撃を受けた時の惨状が脳裏に蘇り、神経がささくれだった。すぐうしろを走っていた車には好意を抱いていた女医が乗っていた。打ち明けたことはなかったが、相手も男の気持ちを知っていた。男は医療活動が一段落したら、女医に自分の気持ちを告白するつもりでいた。

明け方、雨が上がり、光りが集落を優しく包み込んだ。男は窓辺に立ち、濡れてしっとりと佇《たたず》む茅葺きの集落を見つめた。枝で出来た窓枠の中を、何かがすっと音も無く過《よぎ》っていった。落ち葉のような、小鳥のような、でも黄金色をしている。目の錯覚だろうか。男は急いで戸口に回った。光が夜を駆逐していた。まだ誰も起きてはいない。静まり返った早朝の集落である。家々や地面は水に濡れ、そこかしこに水たまりが出来ていた。男は集落を囲む森を見回し、それからゆっくり上空へと視線を逸らした。


面白いことにこの部族には名字や名前などの呼び名が存在しなかった。彼らは視線や気配や雰囲気や話の繋がりや態度や仕種や状況や霊感などで、誰が誰に向かって、あるいは誰のことが話題になっているのか、を把握しているようだった。名前がないせいで、個人のことが話題になることは滅多に無かった。特定の人物に関しての噂や話題よりも、集落全体がつねに彼らの考えの中心にあった。

男は心の中で、老人のことを族長、鉈を持った者のことを警察と呼ぶことにした。警察が振り回す鉈はこの集落では力の象徴でもある。警察は族長の長男。その警察の下の妹で、いつも甲斐甲斐しく果物を運んで来る少女にはアカシアという名前を付けた。アカシアは毎日、食事を運んだ。世界的なハンバーガーショップのマークが胸元にデザインされているTシャツをいつも着ていた。男が少女のTシャツをじっと見ていると、アカシアは何を思ったのかそれを脱ぎだした。隠されていた柔らかい部分が不意に現れ、男は戸惑った。集落の女たちのほとんどは胸をさらけ出していた。男性たちの中には素っ裸で歩いている者だっている。なのに男は少女の裸体を直視することができなかった。夕方、警察がやってきて、男の寝床の横に、アカシアのための寝具を敷いた。男は抗議したが、言葉は誰にも届かなかった。

アカシアは男に言葉を教えはじめる。文字の無い世界なので、言葉はそれほど複雑ではない。簡素化されている分だけ、むしろ感覚的であり想像力を刺激した。男が最初に覚えた単語は「私」を意味する言葉。アカシアは自分を指さし、単語を声にした。「私」を覚えたら次に「あなた」、「あなた」を覚えたら「みんな」という具合に、まずは身近な名詞を一つ一つ学習していった。アカシアは樹木を指さし、地面を指さし、空を指さし、水を指さし、石を指さし、部族の言葉を教えた。「子供」を指さして言った単語が

「子供」を意味するものではなく「少女」だったこともある。水汲み場で働く女たちを指さして言った言葉が「女」を意味するものではなく「母親」だったことも。間違えて覚えても間違いがすぐに判明することはなく、やり取りの中で少しずつ気がつき、修正されていった。幾つかの名詞を覚えた後に幾つかの動詞を覚えた。食べたり、飲んだり、話したり、寝たり、起きたり、笑ったり、泣いたり、走ったり、歩いたり、そういう基本的な動詞から徐々に。動詞にはちょっとした活用があり、名詞には単数、複数の差があり、形容詞や副詞もあった。ただ、興味深いことに、過去形と未来形が無かった。そのせいでか、部族には「明日」と「昨日」という、文明社会では重要な二つの名詞が存在しなかった。厳密に言えば「今日」も無い。

アカシアは男の腕に巻きついた銀色の腕時計が気になった。これは何か、と言っているのだろう、好奇心に溢れた目で動く秒針を見つめては、頓狂な声を張り上げる。男は腕時計を外して少女に持たせる。少女はそれを耳に押しつけて時間のワルツを楽しんでいる。不思議そうな顔はまもなく笑顔へと変化した。秒針の、時を刻む音が、夜のしじまに谺《こだま》する。

アカシアは「明日」という概念を理解することができなかった。男は太陽や月を指さしながら明日について説明するが、いくら説明をしても、時制がないので、要領を得ない。赤道に近いせいで一年を通して季節は夏。彼らは農作業をしないので収穫時期というものを気にする必要も無かった。食べたくなれば森に出掛けて獲物を狩り、植物を採取し、暮らした。太陽が昇れば起き、日が暮れたら眠る。季節感に乏しく、加えて時間に管理される必要のないここでの暮らしは、「明日」という概念をも希薄にさせた。

明日や昨日が無い代わり、遠い未来と遠い過去を意味する言葉が存在した。確かな言葉というよりも、かなり朧《おぼろ》げな、文明人が使う天国とか地獄とかそういう言葉に近い。明日という単語が無いせいで、約束や期待というものの重要さも失われた。結婚という習慣に関してもかなり曖昧で、この集落の男性たちは複数の妻を娶《めと》っており、子供たちは特定の家族に所属するのではなく、集落という大家族の子供であった。男がアカシアのTシャツの胸の辺りをじっと見つめたことが求婚のはじまりを意味し、アカシアがそれを愛として受け取った瞬間こそが、二人にとっての結婚である。

裸のアカシアは無邪気な光りの子供と言えよう。彼女の表情はまだ幼なく、その柔らかな肉体から、ほんの一、二年前まで子供たちと一緒に広場を走り回っていた様子が想像できる。無垢《むく》な笑いが男の孤独を癒した。だから男はこの少女に、どんなに荒れた土地でも花を咲かせることの出来る植物の名前を付けた。難民キャンプの近くで見た力強く咲き誇るアカシアのイメージと目の前の少女とが重なった。男は無意識のうちによく祖国の歌を口ずさんでいることがあった。ある日、アカシアがそれを真似た。男はアカシアに幾つもの自分の国の歌を覚えさせた。

男は河岸に立ち、川の流れをじっと見つめる。川を下れば間違いなく海に出る。危険地帯は闇に乗じて通過すればいい。けれども、実際には想像するだけで、行動に移すことはなかった。友人や家族が心配をしているかもしれない。炎上した車列を思い返した。あの惨状が伝えられれば生存を信じる者はいないだろう。

アカシアは男の隣で歌いだした。男の祖国の歌を。古い民謡のせいで、男にもところどころ理解できない歌詞があった。それでも言葉は歌い継がれることで生き残り、伝えられていく。アカシアは誰にこの歌を伝えることになるのだろう。

アカシアが歌うのを止め、何かを指さした。川面のすぐ上に光るものが見えた。自ら飛んでいるようにも見えるし、風で舞っているようにも見える。光りと溶け合って、輪郭ははっきりとしないが、蝶のような優雅な飛び方をしている。アカシアが指さしながら必死で何かを告げようとしたが、何を言っているのか、男には理解することができなかった。

ぐったりとした子供が運ばれてきた。付き添った母親らしき女が何かを訴えた。鞄の中には聴診器と体温計などの診察道具、持ち合わせていた医薬品のサンプルが少しあった。腕時計が脈を計るのに役立った。しかし集落の人々全ての病気を治すのに十分とは言えなかった。

言葉が分からないので、相手の顔つきや仕種で訴えていることを推測するしかなかった。どうして少年がぐったりしたのか、想像するしかなかった。もっとも原因が分かった場合はもっと辛かった。医薬品が無いせいで、手の打ちようがないから。注射用キニーネは族長に使ったあの一本だけ。錠剤のキニーネが数回分あるだけだ。医学知識だけではどうすることもできない。

それでも次から次に患者は男のもとにやってきた。怪我をした者や、腹痛に苦しむ者など、跡を絶たなかった。男は途方に暮れた。この時ばかりは、医学を学んできたことを後悔した。

痛みを和らげるために患者の体をさすり、筋肉を揉んでほぐしたり、あるいは冷やしたり温めたりするしか方法は無かった。奇跡を起こすことができないから、老人を救った時の熱烈な眼差しは無かった。それでも人々はひっきりなしにやって来た。何もしてやれない自分の不甲斐なさに無力感を覚えては落ち込んだが、どんなに絶望しても、医者としての誇りを捨てることはなく、また、打つ手がないと分かっていても、患者から逃げだすこともしなかった。

何もしてあげることができない、という絶望はまもなく、小さな希望へと変化した。それまでは病を治すことが男の仕事だったが、病を治せない今は、人々の訴えにじっと耳を傾けることが男の重要な仕事になりつつあった。治らなければ一緒に悲しみを背負い、もしも患者が亡くなれば家族のように悲しんだ。最後まで患者に付き添い、寝ずに看病をした。そうすることで男は患者を励ますことができることを知ったし、今までとは異なった自分の役割を見つけることも出来た。

男も女も彼らはみんな幻覚作用を引き起こす何かの葉をガムのように嚙んだり、あるいは乾燥させたものを丸め、火を付けて煙草のように吸引していた。最初、医学的な知識が邪魔をしてそれを拒んでいたが、襲撃時の記憶で苦しくなる時などは、むしろ酒よりもこの麻薬の方が男の心を労《ねぎら》った。幻覚を見ながら女性たちがにこやかに踊る。男性たちは木陰にぶらさがった編糸製の網でできた吊床に横になり、麻薬を嚙みながら昼寝をした。激しい痛みを伴う病に倒れた人々はこの麻薬を使って痛みを和らげるのが慣習。この葉を煮出した液体を飲むと、感覚がなくなった。集落の人々は死が迫ると、誰もがこの麻薬に頼り、現実と死との境界をあやふやにしながら逝《い》った。男はこの葉を治療に使えないものだろうか、と考えはじめる。

ここでももちろん日々は流れるが、集落の人々に月日という感覚はない。男が感じている時間の長さと同じものを村人たちが感じているわけではなかった。彼らはつねにいかなる時だろうと今を生きた。過去を決して振り返らない、ということではなく、振り返る過去というものが理解出来ないのだった。従ってここには暦も存在しない。記憶はあっても、思い出に浸ることはなかった。過去は無いわけではなく、それらは意識の上で今と同じ軸に存在している。だから、「死んだ人間」は、「今も死んでいる人間」となった。過ぎ去ったわけではなく、今も死者は死につづけていることになり、人々は死者のことを死につづけている人としてまるで生きているように話題にする。過去形が存在しないので、彼らは現在形で死者を語った。現在形で語られる死者は記憶ではなく、もちろん懐かしい思い出でもなかった。死者はすぐそこにいる。語る彼らのすぐ隣に。

暦が無いせいで、彼らの生活は計画的ではない。農作物を育てたり、家畜を飼ったりすることもなく、ほぼ全てを森からまかなっていた。動植物を育て、定期的に収穫することは無かったが、だからといって彼らは周期というものを無視して生きているというわけではなかった。時間や暦よりももっと豊かな周期を彼らは知っている。森が持っている自然の力やリズムに従って彼らは猟をし、植物を採集した。彼らには知恵があった。どこで待てば獲物を捕獲することができるのか、をよく心得ていた。土の下に隠されている植物を発見するのが上手だった。

族長は藺草《いぐさ》で出来た日除けの下の椅子に腰掛け、穏やかな顔で人々を眺めている。肉体は衰えていたが目はさえざえとしており、男は族長と目が合うたびに、心の奥底を見透かされるような畏敬の念を覚えた。集落はこの老人の存在によって一つにまとまり、統制されている。喧嘩や争いごとが起きると族長は静かに席を立ち、おぼつかない足取りで広場を横切り、争う人々の間に割って入っては戒《いまし》めの言葉を投げつける。筋肉質の男たちが小さくなって族長の言葉に耳を傾けた。男はそれを遠くから眺め、微笑んだ。獣《けもの》や、時には人間の集団でも、強い雄が力で集団を支配する。なのにこの族長は力ではなく、人柄と霊妙な存在感だけで人々を取りまとめていた。宗教を持たない彼らにとって族長は絶対的な家父であり信仰の対象なのだろう、と男は思った。月や岩山や森に負けないほど、族長の存在は偉大だ。

夜になると出る空咳のように、すっかり忘れていたはずのものが夢に現れ、男を苦しめることがあった。きっかけは腕時計が刻む音。静まり返った集落に、正確に響く秒針の音が谺《こだま》した。その音が男の記憶をノックし、涙腺を緩ませる。男は時折、懐郷病にかかって気分が晴れず、力が湧かず、ふさぎ込んだ。記憶の数々。生まれ育った町の駅前の風情。自動車工場の敷地に並ぶ無数の車。港に接岸された巨大な貨物船。駅前のテレビタワー。歴史ある給水塔。よく遊んだ近所の児童公園。丘を切り開いて建つ新校舎。恋人と口づけを交わした浄水場。ロープウェイ。海を見下ろす山の展望台。母親に抱かれている絵や、父親の肩に乗っている感触。親戚の子たちとクリークでザリガニを採っている光景や、甘嚙《あまが》みの喧嘩に明け暮れた思い出など。すっかり忘れていた記憶の数々がどこからともなく溢れ出る。料理をする母親や、車を洗う父親の姿。嫁ぐ姉の後ろ姿、田舎の納屋で遊んだ時の藁《わら》の匂いなど、が次々男の脳裏に降ってきては、心の原野にしんしんと積もっていった。

族長はある日、男が着ているカメラマンベストを指さした。男が脱いで手渡すと、族長はそれを着た。つづいて族長は男の着ているTシャツを指さした。男が渋っていると、警察が力任せにはぎ取った。男の青白い肌が現れるや広場を囲む者たちから笑いが起きた。誰かが男の靴を奪い取り、誰かが男のベルトを抜き取った。警察は男の手首に輝く腕時計を見つけた。男は、これは治療で必要だ、と抗議したが、聞き入れられなかった。

広場の中央で警察が鉈を振り回し踊った。身ぐるみ剥がされた男は、けれども、せいせいしていた。捨てることの出来なかった文明の名残を、一気に清算することが出来たことで。

ある時、アカシアは妊娠を告げた。急なことで戸惑ったが、同時に男は、アカシアをいとおしく思っている現実の自分と出会うことが出来たし、懐郷の思いから幾らか自由になることも出来た。アカシアは少女から愛する一人の女へと変化しはじめていた。今を生きる男にとって彼女の存在は大きな救いでもある。無垢な笑いが男を勇気づけた。その存在が男の心を満たした。彼女が笑うと男は嬉しかったし、今という瞬間を何よりいとおしく感じることができた。

朝から太鼓が鳴りやまず、昼過ぎになるとどこからともなく見かけない顔の連中がやってきて広場の一隅に居すわった。白い布きれが家々の戸口に垂れ下がり、広場の片隅には枝を集めて作られた木船の形の櫓《やぐら》が用意された。族長が小屋から出てきていつもの席に座った。その真正面に相手方のリーダーらしき男が陣取る。女子供は家から出て来ない。アカシアは男の腕を掴んで、離そうとしなかった。

警察が鉈を振り回すと、相手方から同じように鉈を持った戦士が進み出た。両者は広場の中心で向き合った。二人は踊っているのか、戦っているのか分からないような、勇ましく、また華麗な所作で鉈を振り回しはじめた。時々、鉈の先端があたって硬質な音をあげた。警察の手首に銀色に輝く腕時計があった。広場の中程で二人は円を描くように舞った。族長が相手方の族長にむかって何かを言った。相手方の族長も早口で言葉を返した。飛び交う言葉は、広場の中程で舞う二人の速度に呼応し、早まり、甲高くなった。見物している双方の集落の男たちはまるでスポーツを観戦するように熱狂した。普段は穏やかな部族民が、この時ばかりは別人と化した。格闘技大会のようなこの騒ぎはどうやら祭りではなさそうだ。鉈を振り回す二人の距離は次第に近づき、中央で鉈と鉈が激しくぶつかり合った。取っ組み合いのような状態になった時、警察の振るった鉈が相手方の戦士の背中を裂いた。倒れかけた敵の戦士が気力を振り絞って放った一刀が警察の腹部を直撃、二人は血を流しながら広場の中程でうずくまった。熱狂は不意に失われ、人々は、今や動かない二人の男を呆然と見つめた。これが彼らの世界における戦争だということを、男は後で知ることとなる。

警察の死を人々は引きずらなかった。警察は人々の心の中で、死んだのではなく、死につづけている。だから死んだ人間はその瞬間から死んでいる状態で語り継がれ、その人物の死は生きている人々の思考の中で永遠となった。誰かが、警察は死んでいる、と呟《つぶや》く。別の誰かが、死んでいるだけだ、と答える。警察と相手の戦士は仲良く木船の形をした櫓に納められ、火が放たれた。男の元に腕時計が戻ってきた。男はしばらくそれを眺めた後、炎の中に放り込んだ。船は一晩中燃えつづけ、奇妙なことに人々は、敵味方の区別なく静かに酒を酌み交わしていた。

男は眠れぬ夜、アカシアを起こさぬようにそっと広場に出て、星空を見上げた。星がすぐ目の前、手が届くのではないかと思うほどの距離に迫っていた。彼は地面に仰向けに寝ころがり、両手両足を広げた。秒針が時を刻む音を思い出すことが出来た。勉強に明け暮れた学生時代も、分刻みで患者と向き合っていた大病院時代も、男はいつも時間の奴隷だった。腕時計は手錠のように男の手首を締めつけていた。時間に追われて生きてきたせいでか、集落のリズムに合わせることに苦労した。当初、明日や昨日が無いという生活は原始的にさえ思えた。ところが慣れはじめると、こんなに素晴らしい生き方は無い、と思えるようになっていく。過去や未来に振り回されない生活は、かつて味わったことのない解放感を男にもたらした。

アカシアのお腹は徐々に迫《せ》り出していた。どこからともなく赤ん坊がやってくる。医学的な知識では理解できていても、現実にアカシアの迫り出す腹部を見せつけられると不思議な気持ちになった。自分の立場や、その人生の急激な変化に男は耐えられなくなり、不意に憂鬱になった。男が魂を抜かれたような顔で佇《たたず》んでいると、族長がやってきて、苦しいことがあるのなら、黄金の蝶が棲む森を訪ねてみるがいい、と勧めた。アカシアが男の手を引っ張った。お腹の大きなアカシアの歩調が遅くなると、男は彼女を後ろから優しく支えた。すぐそこ、と少女は呟く。深い森の中、道なき道を二人は歩いた。そして僅かに開けた場所に出た。正面に大きな高木が聳えている。薄暗い気配の中、その木立にだけ薄日が差していた。見た感じは黄葉した銀杏の木。少女は上の方を指さした。あそこにいる、と言った。どこ、と男が訊ねる。少女は、苦しいことを忘れさせてくれる蝶、と説明した。男は目を凝らして高木を見つめるが、蝶を発見することが出来ない。ぼくには見えない、と男は呟く。すると少女は数歩後ずさりし、すべてを見て、と言った。男が真似て下がった。その時、風が吹いたわけでもないのに眼前の高木が揺れた。葉っぱだと思っていたものは全てが蝶、何万、何十万もの蝶の群れであった。閉じていた羽を、数えきれないほどの蝶が一斉に開いてみせたものだから、高木が内側から輝いたように光った。蝶が羽ばたく真似をすると、奇妙な音が森全体を包み込み、空気が揺れ、男の鼓膜が震えた。そして、高木は自ら揺れた。黄金の蝶が一斉に枝先から飛び立つと、空は瞬時に隠され、輝く鱗粉の雨が降った。少女は男にしがみつき、男は目の前で起こっている光景に釘付けとなる。

集落の女たちが手助けをして分娩の儀式が行われた。男は小屋から追い出され、他の男たちとともに広場の一隅で待たされた。族長が酒を男に振る舞う。窪《くぼ》んだ族長の目の中心で二つの黒目が静かに呼吸をしていた。赤ん坊の泣き声が集落に響きわたった時、男は涙を流した。

子供はすくすくと育ち、少しずつ言葉を覚えていく。そのうち歩きだし、まもなく走りだす。男は娘の年齢を数えなかった。年齢を気にする者などここにはおらず、歩きだした時や走りだした頃が重要であって、つまりは他の子供と比較されることもなかった。ここでは誰もが生まれた時から自分だけの時間を持っているのだ。

男は集落のやり方に準じ、娘に名前を付けないことにした。名前を持たないことで、娘がここで不自由を感じることもなかった。名前が無いことで、押しつけられるような個性や責任も生まれなかった。名前が無いことで極端な競争は無かった。名前が無いことで個人的な差別など存在しなかった。みんなは神の子、自然に生かされ、自然に死んでいくだけのこと。個人的なコンプレックスや、文明社会で尊ばれる個性というものを、彼らに説明したら笑われるだけだろう、と男は考えた。広場を走り回る自分の血を引いた娘を見ながら、男は個性などという言葉で人と人とを区別しなければならなかったかつての世界を未熟だと思った。個性は生まれた時から万人にある。

このような隔絶された世界にも、文明の波は押し寄せていた。彼らは鋏《はさみ》を持っていたし、Tシャツや短パンもあった。他にも、スコップ、バケツ、ランプなどがあった。どういう経路でそれらがこの集落に入って来たのか分からない。道もなく、密林に囲まれ、山々が世界と集落とを分断していても、文明は伝染する。男は、文明社会からやってきたこれら便利な道具たち、を恐れた。そのうちこれらの道具がこの純朴な神の国の人々を殺すのではないか、と想像して。

警察の鉈を受け継いだ族長の次男は、男が来てから行われた二度目の戦争では勝って生き残ったが、三度目の戦争に挑んで死んだ。普段はおとなしい彼らが、数年に一度、なぜこのような無益な蛮行をするのか、男にはどうしても理解することが出来なかった。死ななくていい人間が、勝ち負けに関係なく死んでいくのは文明社会の戦争となんら変わりない。古代の生贄《いけにえ》儀式のような役割を果たしているのだろう、と男は推察した。彼らは死を人生の終わりではなく、むしろ来世への入り口のように考えていた。名誉ある戦死は彼らが神の国へと招待されることを物語っていた。これらの必要悪、あるいは犠牲の上で、二つの集落は必要以上の争いをすることなく、関係を保っているのだろうか。敵の戦士であっても死ねば敵味方の区別無く全員で死者を崇《あが》めた。戦争の勝ち負けによって、わだかまりが残らないのもこの世界に「明日」と「昨日」が無いからではないか。残酷な習慣だったが、動物の世界における子殺しの習慣に通じるものがある、と男は思った。

ある朝、渓谷に大きな爆発音が響きわたり、地響きがした。立ち込める黒煙が集落からもはっきりと見えた。動物たちの鳴き声がやまず、人々は家々から出て、騒ぎだした。男は集落の男性らと一緒に黒煙を目指した。事故現場には大きな穴が開いていた。墜落した小型輸送機のものと思われる破片が散乱していた。生存者はいなかった。乗っていたのはパイロット他、数名。集落の人々は彼らを土に埋めた。散乱した積み荷が一帯にまき散らされている。男は一つを拾い上げる。小箱の中身は厚さ0・01ミリのコンドームだった。集落の男たちはそれをふくらませて風船にする。

アカシアは休むことなく子供を産んだ。長女が走り回る頃には家の中には他に二人の子供と生まれたての赤ん坊がいた。相次ぐ出産のせいで、男は文明社会に戻るタイミングを見失いつづけた。アカシアに、子供たちを連れて一緒に自分の祖国に行かないか、と提案したことがあった。アカシアはすぐに同意したが、彼女は文明社会がどのような場所か想像出来ない。男には、アカシアや子供たちが男の祖国と馴染めず、苦しむ様子を想像することが出来る。祖国の人々は好奇心で自分たちを見るだろう。何より、時間というものを知らないのだから、妻と子供たちは日々の目まぐるしいリズムについていくことができなくなるだろう。高山の植物が海抜の低い都市で花を咲かせることがないのと一緒だ。アカシアは心に大きな病を抱え、草花が枯れるように死んでしまうだろう。

男は自分が何歳になったのかが分からなかった。二十七歳でこの国に入った。車列が襲撃された時、男は二十八歳と三か月だった。娘の成長の様子から推測すると、その後、十年ほどの年月が流れているはず。その歳月が長いのか短いのか、男には分からなくなりつつあった。ここに来たのがほんの昨日のことのようにも思えるし、随分と時が流れたようにも感じる。祖国での日々はまるで前世での出来事のように遠い。時間の流れ、日々のこと、年月の移り変わりを意識することも最近ではほとんどなくなってしまった。考えたとしても、そこにいったいどれほどの意味があるのだろう、と思うだけで。

集落に文明社会から人間がやってきた。動物の生態を研究調査する学者の一行である。男も驚いたが、それ以上に学者たちはもっと驚いた。男を認めた時の彼らの、驚き凝固する顔といったらなかった。未踏の地で文明人が生きているなどとは、彼らには想像さえ出来なかったこと。通訳の人間がいたが、その通訳でさえもこの集落の言葉を話せなかったし、ベテランのガイドもこの地域に立ち入ったのは初めてのことであった。男は学者たちと握手を交わす。忘れかけていた言葉で話をした。学者たちの国籍はばらばらだったが、彼らは「英語」を話すことができた。言葉が通じた瞬間、文明の香りと、忘れがちだった郷愁の匂いを嗅いだ。それは荒野を歩いていたのに、自分の前後に不意に道が出現したような奇妙な感覚。文明社会の言語が生々しく男の耳を誑《たぶら》かす。族長は男と学者らのやり取りを注意深く見つめていた。男は集落の人々に彼らを紹介した。危険な人々ではないこと、この辺りの動物の生態を調べている者たちである、ということなど。族長は学者らを男の世界の友人として歓迎し、滞在する家を与えた。

学者たちに名前を聞かれたので、男は名乗ろうとしたが、自分の名前、かつて彼が家族や同僚たちに呼ばれていた呼称を口にした瞬間、奇妙な感覚に見舞われた。舌触りとでもいうのか、一度も食べたことのない食感の料理を口にするような感じ。美味しいとか美味しくないとかいうものではなく、それ以前の感覚。男は自分の名前を何度も口にして、記憶を辿った。様々な思い出が瞬時に男の脳裏を過《よぎ》っていった。

男は学者たちに今日までの経緯を簡単に説明した。自分が人道支援団体から派遣された医者であること。難民キャンプへの移動中、車列が攻撃されたこと。必死に逃げてここに辿り着いたことなど。女性の学者が、なんてお気の毒な、というようなことを言って涙を流した。私たちと一緒に戻りましょう、きっとご家族やあなたの国の人々は心配なさっているはずだ、とリーダーらしき学者がもっともなことを言った。彼らは、独裁軍事政権が倒れて危険地帯はほぼ無くなり、そのお蔭でこうやって自分たちも調査が出来るようになったのだ、と付け足した。大国が力を合わせて一気に彼らを捩《ね》じ伏せたのです。多くの血が流されましたが、独裁政権は倒れ、テロの温床は排除され、今は暫定政権が民主的な国の運営を行っています。きっとこの地域も今後どんどんよくなるでしょう。昨日よりも今日の方が、そして今日よりも明日の方が……。男は彼らが何のことを話しているのか理解が出来なかった。国連と暫定政権はこの辺りを国際的な動植物の自然保護区域に指定しようとしています。世界遺産に選ばれる可能性だってある。私たちはそのために調査をしています。この地域にとって明日という日はきっと約束された素晴らしいものとなるはずです。

男は慎重になる必要があった。文明が押し寄せてきたら集落はどうなるのだろう、と考えた。少なくとも、今のままの状態を維持することは不可能。時間という概念がもちこまれ、文明の力というものが溢れ、そのうち人々が名前を持つようになって、明日の約束に翻弄され、異なった価値観によって彼らの純朴さは奪われていく。便利になる分、文明社会で起こっているような醜悪な問題も生まれるに違いない。男は迂闊《うかつ》なことを言えなかった。学者たちの中に悪い人間は一人もいなかった。けれども、彼らがこの楽園の存在を外に伝えることで、違った考えの人間が流入してくるのは目に見えている。男は悩み、葛藤する。不意に記憶が揺さぶられ、文明社会が持つ悪行の全てを思い出した。とてもじゃないが、ここの人たちは文明に順応することなど出来やしない。

学者たちは集落に滞在し調査を続けた。その間、彼らは事有るごとに男を説得した。どうしようもない運命によって、半ば強引にここに連れてこられて、夢に見たことも無かった女性と番《つが》いを営むこととなった。不可抗力で辿り着いた世界だが、男は幸福を感じつつある。祖国の人たちは心配をしているだろうが、あれから長い年月が経った。その間に自分自身の考え方や生き方も変化した。いまさら国に戻って生きていく自信など無いのです。そう告げると別の学者が、それでも一度は戻った方がいいのではないか、というようなことを言った。一度戻って、みんなに生存していることを告げてからまた戻ってきたって遅くはない。そうじゃなければ心配し続けているご家族が可哀相だ。あるいはお子さんと奥さんを連れて祖国に帰ることだって出来るでしょう、とまた別の学者が言った。男は力なく首を振った。分かりません。私には全てが不可能としか思えない。調査団が帰路につく前に結論を出す必要があった。それを逃せば次がいつになるのか分からないのだから。

男はさんざ悩んだ挙げ句、学者たちの申し出を断り、集落に残ることを決断する。調査団の面々は表情を強張《こわば》らせて、それでも私たちはあなたの国の政府に、あなたがここで生存していることを伝えないわけにはいきません、と言った。その情報によってあなたのご家族やご友人の苦悩が多少は軽減されるはずだし、あるいはそのうちの誰かがなんらかの行動を起こす可能性もある。政府の人なり誰かが、あなたを説得しにここを訪ねることになるかもしれません。そこでもう一度話し合えばいい。ボランティアをしていての事故だ、政府も自己責任という言葉で追いやることはできないはずです。あなたが所属していた国連NGOだって放置はできないでしょう。なにより、ここであなたが生存していることは事実だし、それを少なくとも私たちが知ってしまったのだから。私たちには事実を伝える義務があります。あなたがここに残りたいという意思が強いのであれば、いずれご自身の言葉でお伝えになる方がいいでしょう。

五人目の子供がたどたどしく話しはじめた頃、長女は子供を孕《はら》んでいた。アカシアのお腹には六人目の子供が宿っていた。三番目の男の子はマラリアにかかって死んだ。高熱を発して苦しむ息子を助けることができずに男は悲しんだ。けれどもその悲しみは翌日には薄れていた。「死んだ息子」は「死んだまま生きつづけ」ていた。同じように警察もいまだに死んだまま生きつづけていた。息子や警察のことを話すと、誰もがまるでそこに彼らがいるような感じで、語った。過去形が無いので、本当に生きているよう。警察のことを知らない長女までもが、時折「会いたかった」ではなく「会います」と現在形で語る。赤ん坊が生まれるのに負けない勢いで人が死んでいった。でも誰も悲しまなかった。死ぬのはすばらしいことだ、と思っている。誰もが死ぬことを誇りにしている。満足して死ぬことができれば、それが一番の幸福なのだ。

いつかは肉体を脱ぎ捨てる時がくる、それが早いか遅いかだけだ、と族長は主張した。

その族長が他界した時、人々は太鼓を鳴らし、夜を徹して踊りつづけた。この集落の生き神様のような存在だった。彼が死んだということは、この集落がまた一歩、神の世界に近づいたことを意味する。悲しむのではなく、誰もが偉大な死を喜んで受け入れ、陽気に微笑んでいた。

族長はどこに行ったのか、と長老の一人に訊ねると、彼はここにいる、ただ見えないだけだ、と返事が戻ってきた。


文明社会が、その後どのような変化を遂げているのか、もはやこの男には想像もつかない。調査団は、必ず生存を伝える、と言い残して戻っていった。けれどもその後、誰かが訪ねてくるということは無かった。いかなる音沙汰も無し。調査団が帰路、なんらかの事件や事故に巻き込まれた可能性、あるいは派遣された捜索隊がこの集落を発見できずに引き返した、などが考えられる。極端な想像では、世界の価値や基準が新たな戦争やテロによって男には想像もできないほどに激変し、男の捜索どころではなくなった、ということだって考えられる。大国が作っていた枠組みが崩壊するとか、あるいは大国そのものが滅びるとか、大規模な戦争が勃発するとか。想像を越える壊滅的な事態が地球上に起こっている可能性もあった。もっともそれらは、時間に束縛された世界で起こっている事柄、に過ぎない。

ここでは毎朝鳥が美しく囀《さえず》り、長閑《のどか》な青空が広がって、黄金の蝶が優雅に集落の上を飛び交い、人々は過去や未来にとらわれず、今を穏やかに生きている。男は静かに老いていき、ある日人々の推薦を受けてこの集落の族長となる。彼はもはや悩んだり、拒んだりはしなかった。流れに準じ、受け入れるだけだ。懐かしさはあったが後悔は無かった。希望はあったが期待はまったく無かった。ただ、今という瞬間が男の目の前に横たわっているだけだ。

ピジョンゲーム

男は日差しに瞼《まぶた》を押されて目を覚ました。置き時計は壊れており、今が何時なのか分からない。旧型のテレビを点《つ》けると国境を警備する装甲車の絵が現れた。こっちの方も調子が悪く、音はしない。見慣れた顔の男が神妙な顔つきの兵士たちの前で演説をしているが、何について力説しているのか、男には分からない。コーヒーを淹《い》れる。足を引きずりながら、トイレに行きおしっこをした。おしっこをしてからコーヒーを飲むのが習慣化しているが、決めているわけではない。冷蔵庫の中からヨーグルトを取り出し、食べた。さらに、ビスケットを一枚。オレンジジュースを少々。コーヒーを飲み干し、テレビを消し、ヨーグルトの残りを捨てて、使った皿とカップを流しに置いてから、男は窓から顔を出し、広場を眺めた。中程、噴水のすぐ脇で国旗が翻《ひるがえ》っている。でも国旗には興味がない。男が見ているのは風。旗を翻らせている風である。

煙草が切れていたので、買いに出た。角の煙草屋でいつもの外国製の煙草を一つ買い、広場のベンチに腰掛けて一服した。路面の一隅が、捲《めく》れそうなほどに光りを照り返している。古びた街を漂白する朝の光り。地下鉄の駅から吐き出された人々が、輝きの中を行き交う。何十年と見慣れた光景だが、街並みは変わらず、人間だけが移ろっていく。かつてその中で男は妻と出会った。あらゆる感傷は忘却の途上にある。吐き出す紫煙とともに、思い出は移ろいはじめる。

流れている人々よりも、街路樹の樹皮の複雑な模様に目が留まる。街路樹を縫うように人々が歩く。動かぬものと、過ぎ去るものとが交差する、その瞬きのような一瞬は美しい。何かに似た誰かが、過《よぎ》っては滲《にじ》み、どこかで見た誰かが、朧《おぼろ》げに消え去る。引きながら足すような人生を、進みながら退いてみたり、避けながらぶつかったりして、歩んできた。気がつけば、人は皆どういうわけか、また同じ道に辿り着いている。

風が強まり、広場の中程で国旗がいっそう大きくはためく。誰も見ぬ高さで翻る威厳、下の方で生きる者たちは無視する自由を持っている。飛んできた新聞紙を拾い、踊る文字を拾い読みし、失われていたテレビの音声を聞いたような気持ちになってから、あらゆる出来事を丸めてごみ箱の中に放り投げる。騒々しさも沈黙も、どちらも煩わしく、捨てた煙草を足裏でもみ消す。

一羽の鳩が足元に。この辺りでは見かけたことのない、新顔である。羽根が僅かにピンク色を帯びている。太りすぎず痩せすぎず流麗な曲線を持ち、迫り出した胸の気高さと麗《うるわ》しさ、伸びきった羽根のしなやかさ、全体から醸《かも》し出されるその凄艶《せいえん》さに、思わず心を奪われた。捕まえようと中腰になった途端、鳩が羽ばたいた。光りが網膜を射抜き、手元を見失う。飛び立った鳩は翻る国旗のすぐ脇を抜け、広場の反対側へと。教会の鐘が厳《おごそ》かに鳴り響き、立ち尽くしたまま、いつまでも、消えた鳩の行方を、思った。

男は広場に面したカフェに立ち寄る。人々に交じり、まるで映画でも見るような恰好で、同じ方角、つまり広場の方へ向かって並んで座り、同じように足を組んで、コーヒーをすすった。寂しさを紛らわせているわけでもないのに、何故か毎日、わざわざ人々の間にもぐり込んでしまうこの習性が煩わしい。

広場の周囲には、同じようなカフェが幾つかある。その全ての席が、教会の敷地の一部のようなこの広場、実際には公共のものだが、に向かって並べられているから、自然誰もが同じ方角を向いてしまう。その規則性に文句を述べる者はおらず、空間があるのに、わざわざ肩寄せあっているという不思議。もちろん、広場が目の前にあるのに、広場を見ている者は圧倒的に少ない。多くは新聞を読み、本を読み、誰かと語らっている。広場は今を生きる者たちが生まれるそれよりさらにずっと以前よりそこに在り、そのせいで、誰もが最初から関心を失っている。男は、広場の中程でのびのびと屯《たむろ》している鳩の方がよっぽど自由じゃないか、と思う。

ピンク色の鳩の行方を思いながら、男は噴水から水が一定の間隔で放出されているのを眺める。太陽のせいで、石畳の広場には一部の木陰を除けば日陰というものが無い。近くに住む老人たちが、それらの木陰を占拠し立ち話をしている。学生らが噴水の袂で胡坐《あぐら》をかき、ぼんやりと時間をやり過ごしている。背広姿の紳士が新聞を小脇にかかえて急ぎ足で横断していく。ベビーカーを押す母親は眩しさに目を細め、杖をついた老婆は足元を確かめながら、亀のような鈍さで移動していく。

これらの、絵はがきのような光景の中に、男はいつも自分の不在を確かめては安堵していた。絵はがきが、ポストに投函してしまえば、誰もが一時的に世界の一員であることを認識できる小道具に過ぎないように、世界とはおよそ外見上、同時に真実でありながら、かつ偽物でもありえる命題のようだ。

男は居眠りをした。太陽が男の薄くなった後頭部をじりじりと照らした。夢は見ない。もう長いこと夢を見ていない。いつから夢を見なくなったのか、男にももはや思い出すことができないほどに、昔から。

心地よい眠りから目覚めても、夢のような現実が待っているせいで、いつだって、どの瞬間に現実と接続できたのかさえ、曖昧なまま。居眠りしたことさえ、すぐに忘れてしまう。或いはそれも幸福の一部なのかもしれないが。

太陽の位置からすると、時間が近づいているのが分かった。男たちの会話が聞こえる。遠い国で起こっている戦争についての議論のようだ。あなたはどう思うのか、と背後から意見を急《せ》かされているような気分になった。男は横に座る紳士の腕時計を盗み見、正午を回ったことを確認した。勘定を済ませ、席を立つ。地下鉄の駅がある教会の裏手より、大勢の人々がやってくる。誰もが目的地を持っている。わき目もふらず、凛々《りり》しい歩きで、人々が突進してくる。その中程で、男は立ち尽くし手を翳《かざ》した。鳩が頭上を掠《かす》める。男は首を引っ込め、苦々しく凝視する。ピンク色の羽根を持った鳩。光りに同化しながら、青空に消えた。

男は義足を引きずりながら走った。歩道を横切る時、通行人とぶつかる。義足だと分かると、通行人は怒鳴るのを控える。男は建物の暗がりへと飛び込んだ。旧式のエレベータの中で呼吸を整えながら、最上階で降りた。あの鳩がどこへ向かったか、が唯一の気掛かり。あの鳩を飼いたい、あの鳩を自分のものとしたい。珍しい焦燥感である。

窓から顔を出す。広場の上空には、まだ大きな動きは見られない。壊れた置き時計を退けて、奥の小箱から腕時計を取り出し、それが動いていることを確認してからポケットにしまった。妻の部屋をノックしたが、返事はなかった。男はピンク色の鳩のことを伝えようとしたのだ。ノブを摑む勇気はない。考えると、途方に暮れる。それがいつからか、すでに男は思い出せないのである。

男は麻袋を担いで、屋上に出た。青空が蓋をしている。麻袋を屋上の中央に一旦下ろし、建物の突端より、広場を見下ろした。眼下に、さきほどのカフェ、噴水、街路樹、教会が見える。まだ木陰には老人たちがおり、国旗は翻っている。教会の脇に金物屋だ。金物屋の、北にパン屋の建物。屋上でこちらに向かって手を振る恰幅のいい人物が金物屋だ。どうやら今日は息子が一緒のようである。息子というものは父親がやることになんでも興味を示す。いずれ、あの息子が父親の後を継ぎ、ここの制空権を握るようになるのかもしれない。北の建物の屋上に、パン屋の姿は無かった。小うるさいパン屋の妻のこと、稼ぎ時に店を抜け出す夫を怒鳴り散らしているに違いない。男は麻袋から餌を取り出し、鳩小屋に撒いた。入りきれない鳩がそこらじゅうに溢れ、屋上は犇《ひしめ》きあっている。ピンク色の鳩はいない。あの子はいったいどこから来たのか。金物屋もパン屋も、あの鳩の存在にまだ気がついてなければいいのだが。

八十一、八十二、八十三。男は鳩の数を数える。もう一度数えなおす。八十三羽の鳩が屋上にいる。悪い数字ではない。ここのところ、毎回、八十羽前後が戻ってくる。百を越えたことも幾度かある。最高は百五十六羽。一昨年の四十度を越えた暑い日のこと。この十数年で一番の数字である。男はその時の興奮を反芻《はんすう》しながら、時間を待った。鳩は床をノックし餌をついばんでいる。コーン、穀物、パン粉を混ぜた特製の餌。さあ、食べろ。そしてこの味を覚えているならば、またここに戻ってくるがいい。

パン屋が屋上に姿を現した。迫っている時間に急き立てられ、手を振る余裕も無く、餌を鳩小屋に撒きはじめる。軽く食事を与えておいた方が、高く遠くまで飛ぶ。彼の背後に妻。どうやら文句を言っている様子だが、パン屋が腕を振り回すのと同時に、数羽が羽ばたいた。妻も負けじと両手を広げて抗議するが、パン屋はもう相手にしない。教会の鐘の音を合図に、鳩は小屋から離陸するのだ。パン屋に喧嘩をしている暇はない。

男は群れのリーダーを摑まえた。怒り胸の、大きな鳩である。男はその鳩に亡き父親の名前を付けた。男の父は、生前この付近に幾つかの建物を所有していた。父の死後、そのほとんどは失われ、残ったのは、彼が住んでいる古びた建物だけとなった。

男は足を庇《かば》いながら鳩小屋に登り、片方の腕で、広場側に面した小屋の戸を引き上げ全開にした。リーダー鳩を胸の高さに置いた。鳩たちがリーダー鳩を追いかけやすいよう、遠く高く放たなければならない。男はリーダーの鳩に頰ずりをした。さあ、いっぱい連れて来い。鳩は空を睨み、時を待っている。

広場の先、金物屋は建物の突端に陣取っている。パン屋も大きな体軀を揺さぶって、鳩を挑発しはじめた。教会の鐘が静寂を破る。男は、それ、と叫ぶなりリーダー鳩を放った。ラウラウラウラウ。大声を張り上げながら、小屋の鳩を追い立てた。ガンガラを棒切れで叩いて、屋上でもたもたしている鳩を次々追い立てた。鳩は小屋を飛び立ち、リーダーを追いかける。ラウラウラウラウ。リーダーの鳩は上手に風に乗って、広場の上空へと昇った。金物屋の建物からも、パン屋の建物からも一斉に鳩が飛んだ。それを合図に、広場のあぶれ鳩たちも飛び立つ。数百羽の鳩が広場の上空を旋回する圧巻。飛び交う鳩の影が青空を斑《まだら》模様に変える。太陽が隠され、木漏れ日の中にいるよう。

　群れと群れが接触をすると鳩たちの間に混乱が生じる。鳩は、群れを見失い、しがみつくように、余所《よそ》の群れに合流する。混乱は混乱を招く。群れと群れが渾然一体になると、溶け合う絵の具のように、空中で合体と分裂を繰り返す。まるで大空に巨大な渦潮を描くように、鳩たちは空を豪快に回りはじめた。群れと群れが入り乱れ、敵味方が分からなくなる瞬間、金物屋もパン屋も男も、思わず口を開き、目尻を緩め、眉根を寄せ、頬を震わせてしまう。

　鳩は風の影響を受けて、西に流されたり、河岸の方へと引っ張られたり、街の中心部へと押し戻されたり、縦横無尽に飛び回り、その空域を広げた。普段の、男の行動半径など比べものにならないほどに、遠くへ。膨張と収縮を繰り返すのだ。

　男は両腕を広げ、胴間《どうま》声で声援を送った。リーダー鳩がいったいどれほどの鳩を引き連れてここに戻ってくるのか、ですべてが決まる。リーダーが再び男の鳩小屋を選ぶとは限らなかった。気まぐれと、餌の量と、風の向きが影響をした。リーダーが敵陣に下りたこともかつてあった。その時は僅かに十数羽の鳩だけの寂しい帰還となった。

　男は足を庇いながら鳩小屋から下りて、双眼鏡を摑んだ。先頭を飛ぶ群れのリーダーを探す。鳩の群れは何度も何度も広場の上空で統合と分裂を繰り返している。混乱した鳩たちは、次第に新しい集団を形成しはじめている。幾つかのブロックに分かれた鳩たちが、帰還する場所を捜し求めて高度を下げはじめた。

男は白い歯を剝き出しにし、双眼鏡を覗き、ピンク色の鳩を探した。時折陽光に意識を奪われながら。金物屋もパン屋も真剣な顔つきで、群れの行方を追いかける。金物屋の息子だけが微笑んでいる。

男は鳩を誘導するために、再び餌を鳩小屋に撒きはじめた。金物屋もパン屋も餌を撒く。旋回していた鳩の群れがさらに高度を下げた。老人たちはまだ立ち話をしている。カフェでは人々が長閑に休んでいる。風が広場の上を西から東へと抜けていく。太陽が眩しい。噴水の脇で国旗が翻っている。鳩の群れがその威厳の真上を掠めて飛んだ。

リーダーが小屋に戻ると、続くように、多くの鳩が帰還した。くんずほぐれつ一塊になっていた鳩の群れは大きく分けてほぼ三つに分裂。男のところには、鳩小屋に入りきれないほどの数の鳩が帰還していたが、見渡す限り、そこにピンク色の鳩はいなかった。九十五、九十六、九十七。確認をしながら鳩の数を数えた。九十七羽の鳩が帰還した。十四羽増えている。男は金物屋とパン屋に手を振った。不本意な結果となったパン屋は、真先に建物の中へと消えた。勝負に勝っても、そこにあの麗しの鳩がいないのだから、心の底から喜ぶことができない。あるいは金物屋かパン屋の元にピンク色の鳩が行った可能性がある。気がついた彼らはどうするだろう。あの美しい子を独り占めするために、特別の小屋を作り、そこに鍵を掛けてしまうかもしれない。そうなれば、もう二度とあの子に会えなくなってしまう。男は落胆し、嘆息を零《こぼ》した。

小屋から溢れ、すでに屋上じゅうを埋めつくす鳩たちに満遍なく餌を与え終わると、男はもう一度群れの中にピンク色の鳩がいないか、念入りに調べ直し、いないことを確認するなり、その場を離れた。足を引きずり、壁に手を突きながら暗い建物の中へと消える。

部屋に戻り、冷蔵庫から飲みかけのワインのボトルを取り出し、窓際の椅子に腰掛けて、グラスに注いでは、味わわずに胃に流し込んだ。広場は何事も無かったかの平穏。老人たちはまだ木陰で話し込んでいる。尽きない話題がどのようなものか、男には想像もできない。しかし老人たちが上空で繰り広げられている鳩の戦いについて知っているとは思えない。彼らが見ている世界とは、彼らだけが持っているもう一つの世界であり、彼らの話題には、きっと男の人生とは無縁な鳩が登場し、さらには異なる響きの鐘が鳴らされ、全く違う広場が存在していることだろう。

行き交う人々も、それぞれの目的に向かってまっすぐに歩いているだけで、上空の鳩に心を寄せる者などはいない。鳩は彼らが生まれる前から、広場で餌を探していたし、もはや風景の一部に過ぎない。母親は子供に目が行き、カフェの大人たちは恋人と語らうことに全力を傾けている。そのような中、ピジョンゲームは人知れず続いてきた。

西日が強く差し込んできたので、男は日除けを半分ほど閉め、テレビを点けた。見慣れない歌手が歌っているが、音がしないので、どのようなものか判断はつかない。夢を見なくなった頃から、不思議なことに、テレビの音も消えた。それがいつのことだったのか、記憶にはない。失われても、失われたことに気がつかない世界だけが残る。在ることと無いこととに大きな違いがない時がある。居ても居なくとも関係のない存在でありながら、確かにそこに居つづけているものだって、この世界には数限りなくあるのだ。

壁に貼られたカレンダーに、今日の数字、——九十七を記入する。昨日は八十三、その前が七十九、そして七十六、九十、六十八、一週間前は八十五。今週は五勝二敗。勝ったからと言って何があるわけでもない。賭けているわけでもなく、夜な夜な近所のバーに集まって、あの老人たちのように、終わりのない議論を交わすこともない。毎日一度、勝負がついたら、それで終わりだ。呆気ないものだが、父親たちの代から何十年と続いているので、そこに一喜一憂を求めることももはやない。どのような経緯でピジョンゲームが始まったのかさえ、もう誰も覚えてはいないほど遠い昔より。

確かに、負けが続けば、雨が降り続いたような気分になることもある。けれども淡々と、気持ちを緩やかに保って、鳩と向き合っていれば、いつまでも負けつづける、ということはないのだし、つまりは苦痛が持続することもなかった。必ずいつかは雨があがり、晴れ間も現れる。

男はキッチンに立ち、食事の準備をはじめる。ジャガイモを茹《ゆ》で、肉を炒める。テーブルの上には二人分の食事が並ぶが、食べるのはいつも一人だ。料理が出来ると、妻の部屋の戸を叩き、ご飯だよ、と呟く。返事はもうずっとない。男はしばらく戸を見つめたまま、そこで待った。せっかく作ったというのに、と小言を呟くこともあるが、大抵は表情一つ変えずに、飽きるまで妻を待っている。そのうちに茹でたジャガイモも冷えてしまうが、仕方がない。

いつのことかはすっかり忘れてしまったが、あの日、怒った妻は、内側から鍵を掛けた。そして永遠に出てこなくなった。何度も説得をしたが、返事は無かった。他には出口もないのだし、そのうちに出てくるだろう、と男はたかをくっていた。しかし、さすがにもう出てこないような気がする。そこにいるのは分かっているが、いまさら男も中に入ることができない。

妻には遠くの街に母親がおり、先月電話があったが、向こうはかなりの高齢で、話している内容がかみ合わなかった。妻は出掛けている、と言うと、私はもう長くないので、ぐずぐずしていると死んじまうよ、と怒られた。

男は仕方なくテーブルに戻り、食事をはじめた。冷えたジャガイモに塩を振りかけて食べた。肉はすっかり冷えて、表面はぱさつき、色褪《あ》せ固くなっている。食べるということの面倒くささとも、ようやく折り合いがついてきた。小さな頃から噛むことが苦手だった。どうして味わう必要があるのか、男には分からず、母親に叱られてばかりだった。鳩のように、つついて、飲み込みたかった。

羽音と硬質な金属の擦れる音がしたので振り返ると、窓辺にピンク色の鳩がいる。背後から光りが差し込み、鳩の輪郭を朧げに膨らませている。手が届きそうなほど近くにいるのに、男は動けなかった。フォークを握りしめたまま、じっと鳩を見つめた。美しい羽根。気高き胸。均整の取れた体軀。しかもうっすらと桃色をしている。男は息を止めて、底意を悟られないように、その美しい鳩を見つめた。

鳩は恐れている様子もなく、かといって男を意識しているという風でもない。生々しくそこに存在し、明らかなる鼓動を伝えていた。触れてもいないのに、鳩の血や肉の温もりが感じられるほど鳩は近くにいた。鳩の爪が窓の桟《さん》を引っかき、鳩が身じろぎをする都度、ガサガサと耳障りな音をたてた。内側に蕩《とろ》けるような柔らかさを隠し持っているのが伝わってくる。

手を伸ばせば、あるいは摑まえることができる距離にいた。鳩は男の視線を避けるように、僅かに首を傾《かし》げ、室内を見回している。誘っているようにも見える。

時折、周囲を警戒して、きょろきょろ、首を動かしたが、男と視線を合わせようとはしなかった。男は生唾を呑み込んだ。手を伸ばさずに、じっと待てば、あるいは鳩は警戒心を解き、テーブルの上の料理を食べに来るのではないか。いいや、ここには何もない、と判断をして、飛び立つ可能性もある。その前に摑まえてしまうべきではないのか。様々な可能性が男の脳裏を過《よぎ》る。

息を潜め、左手をゆっくりと伸ばしてみる。鳩は動かない。鳩の羽根は、西日を受けてそれ自体が発光しているかのように、光っている。光りそのものを纏《まと》っているような鳩である。美しさに男の目は眩《くら》んだ。眩しすぎて、目の焦点が合わず、鳩が二重に見えはじめる。不意に鳩が羽根を広げ羽ばたく真似をした。飛び立つのではないか、と用心し、男は手を止め、呼吸を整え、息を殺した。物凄く大きな負荷が現実の世界と自分との間に伸しかかる。

男は手の先にある鳩へと意識を集中させた。指先が触れそうなほどに接近している。頭を固定したまま、眼球だけを動かして鳩を見る。鳩は光りの枠の中でじっとしている。男は気持ちを落ちつかせるためにゆっくり数をかぞえ、それから息を止めると、今度は意識を一点に集中させて、気を込め、勢いよく手を伸ばした。羽ばたく翼の音がするのと同時、妻の寝室の戸が半分ほど開いた。

戸の隙間から、鳩の生々しい感触に負けないほど、暗く沈み込んだ宇宙が顔を覗かせた。薄暗い妻の部屋は現実世界から遮断されながらも、はっきりとした主張を持ってそこに存在している。男は暴れる鳩を一度その胸に抱きしめ、徐《おもむろ》に立ち上がると、おそるおそる妻の寝室と向き合った。夢を見なくなったのがいつのことだったか、やはり思い出せなかった。あの時、何が起こったのかも。でも今、確かに眼前に妻の部屋が開かれている。

掌を伝わって鳩の感触が登ってくる。妙に柔らかく、実に温かい生き物の触感。羽根の艶やかさとは正反対にその下で躍動する鳩の柔軟な筋肉を感じる。男は暴れる鳩が逃げ出さないように、翼を押さえつけ、胸に押しつけるような恰好で抱き抱えた。窓から差し込む光りが室内の明暗をくっきり分けている。

何か月も、或いは何年も開くのを見ていない戸が開いた。何故開いたのか。妻が開けたのだろうか。あるいは自然に？　長い間ずっと分からなかったこと、空白だった真実を覗き込むために、胸にピンク色の鳩を抱えたまま、男は踏み出した。妻の部屋へと導く光りの筋、それらはまるで光りの銀河を移動する埃《ほこり》の群れのよう。もう一つの宇宙へと吸いよせられていく惑星の死骸。静かに、けれどもある種の規則性を持って移動する無数の埃たちである。

鳩が鳴いた。胸を響かせて、切なく鳩が鳴く。

別々の寝室で寝るようになったのは男の妻が、そうしたい、とある日言いだしたからだった。食べたい時に勝手に食べるし、眠りたい時に勝手に眠るわ。それ以来、男はダイニングの脇にある小部屋で寝るようになる。あなたは鳩の匂いがするから嫌だ、と言われた。食事の時間になっても出てこない妻を起こしに行くと、私を起こさないで、と妻は怒って部屋に籠《こも》り、内側から鍵を掛けた。

気がつくともうずっと会っていないことに気がついたが、いないのか、と思えば時々、テーブルに飲みかけのコーヒーが置かれていたり、冷蔵庫の中のものが無くなっていたり、読みかけの本が椅子の上に置き去りにされていたりした。テレビが消し忘れられていたり、トイレの戸が開いていたり、何気なくいつだって気配は残されていた。会いたくなるまで待つしかない、と男は観念した。

男はほぼ毎日、妻が出てきやすいように、午前中と午後の二回、外出をした。買い物をしたり、カフェに立ち寄ったりして時間を潰した。その間に彼女はもう一つの世界から出てきて、男のいない世界を徘徊しているのかもしれない。

入ってもいいかね、と男は闇に向かって訊いた。返事はない。男の胸元で、小さく鳩が鳴く。室内に踏み入った時、何かが足元に当たりバランスを失った。反動で手が緩み、鳩が羽ばたいた。男は咄嗟、逃がしてはならない、と考え戸を閉めた。バタンという大きな音が室内に響きわたり、一転世界は暗闇になる。

ピンクの鳩は闇の中を飛び回り、まもなく、どこかに不時着をした。鳩が淀《よど》んでいた空気をかき回したせいで、堆積していた埃が攪拌《かくはん》された。まったく何も見えなかった。不眠症だった妻が特別に分厚いカーテンを作らせた。それは二重になっており、しかも表の日除けも完全に閉ざされている。光源は何処にもなかった。

おい、いるのか、と男は訊ねる。息苦しく、蒸し暑かった。そこがどれほど深く、広く、果てしがないものか、分からなかった。確か部屋の中央にベッドが一つあったはず。遠い昔のことなので、記憶は薄れており、どのようなベッドで、どのくらいの大きさだったのかもはっきりとしなかった。男は戸の傍に立ち尽くしたまま、じっと動けずにいた。おい、と男は声を掛けた。妻はいないのかもしれない。妻は男が散歩に出ている隙にここから脱出してしまったのかもしれない。そう考える方が自然であった。吸いかけの煙草も、飲みかけのコーヒーも、実は自分が残したものだった可能性がある。都合のいいように、そう思い込んでいたのかもしれない。ならば、いない人間と何年も暮らしてきたことになる。

男は宇宙の直中に、浮かんでいるように立っている。上下左右というものは無かった。暗闇のせいで、感覚が鈍くなり、息苦しさのせいで、朦朧《もうろう》とした。でも動くことができない。戸を開ければ鳩は逃げ出してしまう。

長いこと暗闇の中で思慮したが、答えと記憶を取り戻すことができず、仕方なく男は、鳩をそこに残したまま、外に出ることにする。閉じ込めておけば、鳩は妻と同様一生自分のものになるのだから。戸を開け閉めしたほんの僅かな瞬間、光りが開かずの室内を暴いた。光りがベッドの上にいるピンク色の鳩の輪郭を浮かび上がらせた時、背後に人影らしき堆積があった。

男は足を引きずりながら、階段を登った。記憶が蘇る前に、すべてを忘却してしまわなければならない。建物の屋根や教会の塔の向こう側に太陽はすっかり沈み込んでいた。赤く染まった空の色だけが、目に鮮やかである。

屋上の突端から広場を見下ろした。人々が家路を急いでいる。カフェから溢れた人々が歩道を占拠し、語らっている。木々の袂にはまだ老人たちがいて、唾を飛ばしあっている。何をそんなに、いつまでも語らうことがあるというのだろう。

もう一度、暮れなずむ夕景の街を見回した後、男は足を引きずりながら鳩小屋の上に登った。

小屋の扉を開き、ガンガラを叩いた。ラウラウラウラウラウラ。鳩はなかなか動こうとしない。男は鳩小屋を力任せに揺さぶった。ラウラウラウラウラウラ。忘却したかった。男は転げ落ちるように小屋から飛んで、反対側の扉を開け、棒を使って強引に中の鳩を追い出した。鳩たちが動きはじめる。ラウラウラウラウラウラ。屋上で休んでいた鳩を蹴散らした。妻の顔を思い出した。かつて愛を交歓した。ラウラウラウラウラウラ。鳩は四方八方へと飛び散った。留まろうとする鳩を追いかけては次々蹴散らしていった。息があがったが、確かにその一瞬、内側に何かが宿るのが分かった。鳩が屋上から羽ばたく時、男の中にも風が吹いた。

ばらばらに飛び立った鳩は、まもなく一つの群れに纏まりはじめた。夕日に染まる鳩の群れは、ゆっくりと上空を旋回し、次第に一つの集団へとまとまっていった。夜空へと移行しはじめる夕刻の大空を、鳩の集団が大きく、大きく勇壮に旋回していく。命を持った煙のように、それはぐるぐると世界の真上を飛び回った。

家路を急ぐ人々に、頭上を飛び交う鳩の理由など分かるわけもない。

隠しきれないもの

──ねえ、キリストは白人だったの？

少年が質問すると、母親は傍に人がいないことをすばやく確認してから、あれをごらんなさい、と壁に掛かるキリスト像を指さした。ステンドグラス越しに差し込む光りのせいで、像は仄《ほの》かに青白く見える。

薄暗い教会から出た途端、眩しい光りに網膜を押さえつけられ、少年は思わず目を細めた。ミサを終えた人々が教会前の広場を横切り、三々五々家路につく。

──でも、少しは褐色がかっていたかもしれないよね。

母親は少年の手をぐいと引っ張った。少年は眉根に力を込めて、輪郭が陽光によって白く暈《ぼか》された母親の顔を見上げる。

――すごく昔のことだから、分からないでしょ？　どうやって証明できるの？

――おかしな子ね、どうしてそんなことを考えるのかしら。

母親が歩調を緩めないので、少年はついていくのが精一杯。時折、小走りになった。道の左右には民家が連なっており、どの家も、歩道との間にささやかな芝の庭を有している。太陽が真上にあり、光りから逃れたり、隠れることの出来る場所はほとんど無い。母親は右手に持ったバッグを日除《ひよ》けがわりに使い、左手で少年の手を握りしめている。

――本当に、あなたって子は、時々訳の分からないことを言う。

母親がため息混じりに呟《つぶや》いた時、少年は交差点の向こう側に立つ奇妙な人物に目をとめた。信号が青なのに、母親が不意に立ち止まる。

――どうしてあの人は、

と少年が口にしたのとほぼ同時、母親が方向を変えた。少年が振り返るたび、母親は力ずくで少年の腕を引っ張った。

――ねえ、何、あれ。

少年が騒ぎはじめると、母親の歩調が速まる。

――いい？　不幸な人をじろじろ見てはいけません。

家に着くと母親は、いつもはしない鍵をしっかりと掛け、外出を禁じた。両親はたびたび、その男のことについて話していたが、少年が近づくと彼らは口を閉ざした。年の離れた兄が、ただおかしなだけさ、と説明した。

――ねえ、どこがおかしいのさ。

少年は、両親が寝るのを待っている兄の傍《かたわら》で質問を繰り返すが、兄は、俺につきまとうな、とつれない。毎夜、家出をするように出掛けて行く兄に、少年の両親は神経を尖《とが》らせている。

小学校でもその男のことが話題にのぼった。ホームルームの時間、教師が遠回しに警告すると、生徒たちの間からざわめきが起きる。誰かが、ぼく見たことあるよ、と元気良く発言すれば、続けざまに同じような意見が飛び出した。少年も負けずに、ぼくも見たことがある、と手を挙げた。

――いつも変なものをかぶっている。

誰かが言い、

――布袋だよ。

と別の誰かが、得意気に口を挟んだ。

——手袋もしている。いつも大きな紙袋を持っている。

ほとんどの生徒がその男を目撃していた。

——食料品店で缶ビールを買っているのを見た。

——公園で寝ているのを見ました。

少年はじっとしていられず、

——危険なの？

と質問した。教師は答えにくそうに、そうじゃないけど、と前置きした。

——ちょっと変わった恰好をしているでしょ、どんな人なのか分からないから、何かが起こってからでは遅いので気をつけましょう、ということです。

教師の忠告はそこで終わったが、子供たちの間では、そこから噂が広がりはじめることに。たとえば男は元兵士で、派兵先でテロにあい全身に火傷《やけど》を負った、などというまことしやかな噂が。少年も素直にそれらの噂を信じることになる。

放課後、子供たちは群れを成して、布袋を被った男を探しに出掛ける。探し出してどうするつもりか、誰一人分かってはいない。好奇心に煽《あお》られた子供たちは小走りで町じゅうを練り歩く。頭はレーダーのようにくるくると動き回り、目は瞬《まばた》きを忘れるほどに鋭く見開かれて。

　少年は同級生らと男を摑まえる夢を見た。ところが、取り押さえ布袋をはぎ取ってみると、中から現れたのは父親だった。からからに渇いた喉を潤すため、寝ぼけ眼《まなこ》を擦りながら少年がサロンに下りると、母親が電気も点《つ》けずソファの上で泣いていた。どうしたの、と声を掛けると、母親は慌てて涙を拭《ぬぐ》い、こんな時間に何をしているのよ、と低い声で叱った。少年が電気を点けるなり母親は素早く立ち上がり、走ってきて消した。驚く少年を母親は抱き寄せ、さあ、もう寝なさい、と告げる。香水ではなく、汗の匂いがした。母親の右頰が皮下出血している。でも、何故か、そのことについて、問いただすことが出来ない。父親は夢の中で同級生らに殴られていた。母親の青黒い痣《あざ》は、少年にとって、その夢の続きを見ているような、あるいは不吉な未来を予感させる、前触れのように思えてならなかった。

　翌朝、母親の顔から痣はすっかり消えていた。あれも夢だったのか、と自問しながら少年は母親を見つめた。美しい母親は結っていた長い髪を下ろし、普段より濃い目の化粧をしていた。父親は母親にキスをしてから仕事に出掛けた。車庫から車が出ていくのを、少年は玄関先で見送ったが、いつもは必ず鳴らすクラクション——それは父子だけの秘密の合図だったが——を忘れた。

消防署の跡地に人だかりがあった。少年の手を引く母親の手に力が籠《こも》る。群衆の中に警官の姿も混じっている。顔見知りが駆け寄ってきて、犬が殺された、と告げた。

——なんで。

——分からない。でも凄い殺され方なのよ。刺し傷が数十か所も。

母親は少年の頭を腕で締めつけて歩いた。少年は犬の死体を見たかったが、どんなに力を込めても、母親の腕から頭が抜けない。アスファルトの地面だけが見えている。

——ねえ、放してよ。

——いいの。何も無いわよ、見たって。

——じゃあ、見せてよ。

——いいって言ってるでしょ。急がないと遅刻しちゃう。

少年が通う小学校でも、殺された犬の話で持ちきりだった。殺された犬がどの犬か、少年はすぐに察しが付いた。飼い主の老婆は放し飼いにしていた。数年前に少年の同級生が公園で遊んでいたところ、突然その犬に噛みつかれた。幸い軽い怪我で済んだが、住民が犬を放し飼いにしないように、と求めていた。老婆は独り暮らし。兄弟が隣町にいたが、行き来はほとんどなかった。家族同然の犬に鎖なんか付けられるものか、というのが老婆の口癖で、周囲の忠告に耳を貸さなかった。

子供たちは放課後、老婆の様子を見に出掛ける。窓の日除けが閉ざされ、建物には西日が当たっていた。誰かが、ここのおばあちゃん、犬と毎晩一緒に寝ていたってよ、と言った。

——だから犬小屋が無いんだ。

手入れの滞《とどこお》った庭先に犬の遊び道具が転がっている。花壇には草花も無く、土が盛られているだけだ。少年の兄に言わせると、周辺の住民の嫌がらせ、とのこと。兄は鏡の前に陣取って、髪の毛をつんつんに油で立たせながら、力説した。

——放し飼いにしている方が悪いんだ。苛立っていた誰かが、犬をおびき出して刺したに決まっている。刺し傷が数十か所もあったというくらいだから、相当な恨みがあったんだろう。

兄が出掛けようとしているところに、父親が戻ってきてかち合った。言葉を交わす間も無く二人は揉み合いとなる。茹でたジャガイモの匂いがする。何かあったの、と奥から母親の声がした。二人がサロンで殴り合いをはじめると、母親がやってきて、仲裁するのかと思えば、まず、開けっ放しだった玄関の戸を閉め、続いて庭に面した窓のカーテンを次々、敏速に閉めて回った。母親は口許を手で押さえ、目を大きく見開いてはいるが、大声を張り上げるわけでも、二人の間に割って入るでもなし、絨毯の上で取っ組み合いを続ける夫と息子をじっと見下ろしていた。少年はソファの後ろから見物することにした。サイドテーブルの上の花瓶が落下した時だけ、華々しい音が室内に響き渡った。床に散乱したガラスの破片とダリアの赤い花びらが少年の目に焼きつく。

兄が飛び出していくと、家の中は急に静かになった。父親はソファにへたり込み、口を開いて呼吸をした。母親が割れた花瓶の残骸を拾いはじめている。泣き声を押し殺し、破片を一つ一つ拾っていく母親の、まだ十分に色気と若さの残った背中に向けて少年は、お腹がすいた、と訴えた。

少年が布袋を被った男を再び見かけたのは週末のこと。男は並木道のベンチに座り、やはり僅かにうなだれ、じっと地面を見下ろしていた。怖かったが、間近で見たかったので、勇気を出して近寄った。袋の中央に覗き穴として使う切れ目が簾《すだれ》状に走っていたが、くり抜かれているわけではなく、覗いても中は見えなかった。スニーカーとジーパン、上はグレーのトレーナー。手袋もはめており、しかもそれは手首が完全に隠れるようなもので、肌が露出した部分は無かった。

目の前にいる男が人間であることは分かったが、白人なのか、そうじゃないのか、区別がつかない。年齢だって分からない。正確に言えば、男か女かさえも、断定できない。

男は彫刻作品のようにやや前傾の姿勢をとり、両肘を膝の上に乗せ、手を口許に押し当て考え事をしている。高木に遮《さえぎ》られ、太陽の光が地面に斑《まだら》の模様を描いている。もしも男がそこにいなければ、心地よい昼下がりの風景が広がっていたはず。

――怖くないの？

不意に男が喋ったので、少年は一度ペダルに足を乗せ、自転車を漕ぎだそうとした。けれども、好奇心には勝てず、結局、その場に残った。

――さっき君くらいの子たちに石を投げつけられたよ。一つが額にあたった。

クラスメートらが仕出かしたに違いない、と少年は察した。男の声は布袋のせいでか、あるいはわざと声音を作っているのか、機械を通したような、聞き取りにくいくぐもった声であった。

――そんな恰好をしているから、いけないんだよ。みんなを怖がらせている。

少年が忠告すると、

——君も外見で人を判断するのかい？

と男は返した。

——みんなと違えば、誰だって怖いさ。

男は首を振ったが、反論はしなかった。再び風が吹いて、男が被る布袋が微かに揺れた。少年はまるで記者のような口ぶりで、あなたは元兵士で、戦地で重傷を負ったんでしょ、と質問を浴びせた。いいや、と男はかぶりを振る。呆気なく噂が否定され、動揺したが怯《ひる》まず、じゃあ、どうして、そんなものを被っているのさ、と語気を強めて投げ返した。袋は厚めの麻布で出来ており、淡い茶色。大きめで、男の頭部をすっぽりと包み込んでいた。顔が見えないというだけで、物凄い威圧感を少年は覚えた。男が質問に答えなければ、不気味さがいっそう増しただろう。なぜこんなものを被らなければならないのか、がどうしても分からない。分からないから、怖かったし興味が起きる。理解できないからこそ知りたいのだ、と少年は思った。いかなる出来事がこの人の身の上に起こって、何がこの人をこのようにさせたのか。少年は、ふっと、キリストのことを思い出した。

——キリストは白人だったと思いますか？

恐る恐る投げかけてみた。男ははじめて顔をあげ、少年の方を向いた。布袋の切れ目からその内部に潜む顔が見えるような気がして、少年は目を凝らした。けれども中は暗く、模糊《もこ》としている。

――二千年も前のことでしょ。誰にも分からないはずなのに。

沈黙に耐えきれず、少年は続けざまに言葉を投げつけた。

――褐色の肌をしていたかもしれないし、黒かったかもしれない。

――なんでそんなことを訊く？

男が呟いた。少年は布袋の下にどのような皮膚が隠れているのか、知りたくなった。男が嵌《は》めている手袋へ視線をやった。これほど完全に自分自身を隠してしまわなければならない理由とは何だろう。いったいこの人は何を世間に対して隠したいのだろう。

――だって、そう思ったら、質問をしたくなったんだもの。なんでって言われても分からないよ。知りたいから。でも、ちゃんと答えてくれた人はいない。

少年は口早に説明した。男は頬杖をつき、

――キリストはそんなことを気にするような人だったとは思えないけど。

と告げた。少年はモヤモヤしていたものが不意に消えてなくなるのを覚えた。

——そんなことはどうでもよかったのじゃないか。キリストが皮膚の色を気にしたとは思えない。ぼくだって、そんなことはどうでもいいように思う。

その時、背後から声が掛かった。中年の女性が摺《す》り足で近寄って来る。同級生の母親で、顔見知りだ。女性は、大丈夫かい、怪我はないの、と声を震わせ訊いた。少年は、うん、と元気良く頷《うなず》いた。

——こっちへ、おいで。

女性は手を伸ばした。

——早く。来なさい。一緒に帰りましょう。

少年は男を振り返った。布袋の男は頰杖をついたままだ。

——この人ともう少し話をしたいんです。

中年の女性は少年の肩を背後から鷲掴みにした。

——いいこと。言うことを聞いてね。さあ、このまま私と一緒におうちに帰りましょう。

女性の手に力が籠る。少年はどうしていいのか迷った。すると布袋の男が立ち上がり、歩きはじめた。木漏《こも》れ日が揺れる並木のアーチの中を、住処《すみか》に戻る熊のように。中年の女性は、嘆息を零《こぼ》すのと同時に手を緩め、あの人に近づいてはいけません、と忠告した。少年の母親も全く同じ内容を繰り返した。どうしてダメなの、と少年が質問すると、どうしても、と神経質な言葉が戻ってくる。

――悪い人には見えなかったよ。

――顔を見たわけじゃないでしょ。どうして分かるのよ。

――でも、話した。悪い人には思えなかった。キリストは皮膚の色なんか気にしないって、言っていた。

母親の顔が途端険しくなり、怒りにも似た表情で少年を見下ろした。母親は少年の前で誰かに電話を掛け、布袋の男は危険な考えを子供に広めている、と訴えた。少年は母親の服をひっぱり、違う、と抗議する。夕食の準備をはじめた母親の後ろにくっついて回り、そうじゃないのに、と言いつづけたが、母親は取り合わなかった。

――布袋を被ったおかしな男がこの辺をうろついているそうだけど、決して近づいてはいけない。見かけたら、関わらずすぐ引き返すように。自分から危険を冒すような行為を勇気とは言わないんだよ。

父親は食後、大人たちの意見を纏めるような形で警告した。もはや逆らうつもりもなかった。

——分かった。

少年は小さく頷き、失望を抱えて席を立つ。

光りが眩《まばゆ》く降り注ぐ午後は、その強い日差しのせいで世界が微かに白く霞《かす》んで見える。車のボンネットやフロントガラスで乱反射した光りが、行き交う人々の目を射抜く。何もかもあらゆるものが光りによって溶かされてしまいそうな日中、校庭で子供たちが遊ぶ。少年は同級生らに取り囲まれ、布袋の男と会った時のことを興奮気味に伝えた。

——恐ろしいという感じはしなかったよ。なんか、穏やかで優しい感じだった。

誰かが、でも、あいつは悪い奴だ、と口を挟んだ。

——キリストは白じゃない、と言っているらしい。

少年は驚き、そうじゃない、と反論する。

——キリストは皮膚の色なんか気にするような人じゃない、と言っただけだ。

——でも、キリストが黒かったり、褐色だったり、黄色かったりするわけがない。

少年は誤解を解こうとしたが、同級生らは少年の訴えに耳を傾けることは無かった。

放課後、みんなが布袋の男を探しに行くといいだしたので、少年は困惑した。中には、やっつけよう、と焚きつける者もいる。正義感に駆られた子供たちの群れが校門を勇ましく出ていく様子を少年はじっと見送った。みんなが布袋の男を摑まえに行った、と少年は教員室で訴えた。大事にならないように、と校長が警察に通報する。

家に帰る途中、ばったり神父と出くわした。少年が泣いていることに気がついた神父は、何があったのかね、と訊ねた。少年は目を擦りながら、これまでのことを順序だてて説明した。

——そしたらその人は、キリストはそんなことを気にするような人だったとは思えないけど、と言いました。ただ、それだけなんです。

神父は少年を抱き寄せ、大丈夫だよと優しく慰めた。

——神父さまが彼を助けてくれますか？

——出来る限りのことはしてみるよ。君は安心して家に戻りなさい。

神父と別れた直後、少年はパトカーを目撃する。穏やかな住宅地の路地をパトカーが二台、連なって巡回していた。サイレンを鳴らすわけでもなく、人間が歩く程度の速度で。少年の横にぴたりと寄り添ったパトカーから警官が顔を出し、観察するような目つきで少年を見つめた。少年は警官らと目を合わせないようにし、早歩きで交差点を曲がる。ゆるやかに傾斜する道が少年の家までまっすぐ延びている。

家のすぐ傍で、両手を振り上げ、車を止めるような恰好で少年の行く手に立ちはだかった婦人がいた。青いセーターを着ていたが、よくみると下半身は裸。太陽が雲の中に隠れたせいで、血の気が引くように、眩しかった世界が一変、陰った。

——おばさん、どうしたの？

——逃げ出してきたのよ。私はあの家の地下に監禁されている。いい？ 鍵をかけられて地下室に閉じ込められているんだよ。分かるかい？ 私の言っている意味。

初老の婦人は、背後の家を指さし、訴えた。誰が住んでいるのかは知らなかったが、毎日、少年はこの家の前を通って通学していた。時々、庭先で洗車している初老の男性を見かけることがあった。その人がこの婦人の夫だろうか？

——ぼく、この近くの子？

——そうだよ。あっち。

婦人は少年に紙切れを手渡した。

——これを警察に渡してくれる？

婦人が指さした家から初老の男性が飛び出してきた。婦人は男を認めると、少年に向

かってすばやく、

——それをポケットにしまって。

と囁《ささや》いた。男性が婦人の腕を摑むなり、そんな恰好で出掛けたらみんなに変な目でみられてしまうじゃないか、と穏やかな語調で叱った。男性の目尻が弓なりに垂れ下がっている。

——なんでもない。この人はね、ちょっと疲れているんだよ。

少年にそう言い残し、男は婦人の手を引っ張って歩きだした。婦人は何度も振り返り、少年を見つめている。

二人が家の中へ消えるなり、太陽が再び雲から顔を出し、ドミノが倒れるような感じで光りが路上を勢いよく走った。ここでも全ての窓の日除けが閉ざされている。

手渡された紙切れには、殺されます、助けてください、と乱れた文字で書かれてあった。母親に紙切れを見せると、どうしたの、と訊かれた。目撃したままを伝えると、母親は紙切れをくしゃくしゃに丸めてごみ箱に放り投げてから、こう言った。

——あそこの家ではね、よくあることなのよ。

眠れず、婦人のことを考えていると窓を叩く音がした。月光を背に受けた兄の影が、絨毯に映し出された窓枠の青白い光りの中で、影絵のように揺れている。

――いいか、俺はこの家を出ていく。金がいるんだ。おやじのズボンのポケットから財布を抜き取って持ってこい。

――いやだよ。

兄は黒い小型の拳銃を取り出し、銃筒を少年の頬に押しつけた。金属の冷たい感触が、眠気を追い払う。

――誰かをこいつでぶっ殺してもいいのかよ。金があれば、こんなものを使わなくても済むんだよ。おやじとおふくろだって、その方がいいに決まっている。俺が問題を起こすと一番困るのはあいつらなんだから。

少年は仕方なく、部屋を出た。父親のズボンは見当たらなかった。キッチンのごみ箱を漁《あさ》り、婦人から手渡された紙切れを回収した。殺されます、助けてください、となぐり書きされた文字が微《かす》かな光りを受けて浮かび上がる。

――どこにもないわけないだろ。じゃあ、多分、寝室だ。寝ているから、そっと入れば平気だって。ズボンは、入ってすぐのカウチの上だろう。いいから、とってこいよ。ほら。俺の言うとおりにしな。

――出来ないよ。そんなこと出来ない。

いきなり兄に殴りつけられ、少年は床にひっくりかえった。頭がふらつき、起き上がることが出来ない。じっとしていると、まもなく、開けっ放しのドアの向こうから父親の声がした。どうか銃声だけは聞こえませんように、と願いながら、少年は耳を澄ませる。

――この大馬鹿野郎。なにしているのか分かってるのか？

少年はこめかみの辺りをおさえながらゆっくり起き上がった。両親の寝室を覗くと、一糸まとわぬ姿の父と母がいた。兄は背中しか見えなかった。すっぱい香りが室内に充満している。こんなことしてかしやがって、と父親が吐き捨てた。

――ちぇ、黙ってろ。うるさいんだよ。ちんぽこ野郎。

――クソ。こんなことしてかしやがって。

――引き金を引かないとでも思っているのか？　俺がこいつをぶっぱなさないとでも思っているのかよ。え、やってみようか。こら。この、くそ親父。

母親が父親の腕を摑んで引っ張った。兄はサイドテーブルの上に置かれていた父親の財布を鷲摑みにすると、部屋を飛び出した。覗いていた少年は蹴飛ばされ、再び床に転倒した。そのまま、床板に耳を押しつけ、走って逃げ去る兄の足音を聞いた。まもなくして、待たせていた車のものと思われる、タイヤが地面を激しく擦る耳障《みみざわ》りな音が届いた。

母親は一言も口をきかなかった。小学校の校門で別れる時にも、荒々しくキスをしただけで、いつも必ず言う、気をつけてね、も無かった。

夏がぶり返したような、蒸し暑い日が続いていた。光りによって漂白された町は、4Bの鉛筆で描いたクロッキー。日差しはプラスティック消しゴムのように、視界にあるものを力任せに全て消し去ろうとしている。

——また犬が殺されたって。

——一週間に二匹だ。警察が調べはじめているってさ。

——あの布袋の男の仕業に決まっている。

少年は黙って聞いていた。

学校が終わると、少年は一人で布袋の男を探しに出掛けた。一時間もうろつけば、町を一周することができる。随分と歩き回ったが、結局少年は男を見つけ出すことが出来なかった。

町の西側が森と面しており、大きめの家が数軒立ち並ぶ、この小さな町には似つかわしくない高級住宅地の一角に、大音量で音楽を流す屋敷があった。垣根越しに庭の中を覗くと、大きなプールがあり、そのプールサイドに置かれたデッキチェアの上で、海水パンツ姿の男性が一人、だらしなく横たわって輝く水面を見つめていた。男の足元にあるCDラジカセからは軽快なロック。どうやらCDではなく、ラジオのようで、DJが時々曲名を紹介していた。男は水に入る様子も、入った様子もなく、一枚の絵画の中の人物さながら微動だにしない。表情は無く、眼球の形がはっきりと分かるほど目が窪んでいた。寝そべっているというのに、その視線だけは鋭く、瞬《まばた》きというものをほとんどしないせいで、死んでいるのではないか、と心配させた。

音楽が途切れ、ニュースがはじまると、男性アナウンサーの野太い声が周辺の森に響き渡った。隣家から離れているせいで、大音量でラジオを聞くことができるのだろう、と少年は推測した。男の正面に広がる世界とは無縁に、ラジオは世界中で起きている出来事を報じた。広々とした屋敷には人の気配は無く、プールの背後に広がる庭は手入れが行き届いており、荒れ果てた箇所は見当たらない。プールサイドには水滴さえ付いておらず、艶やかなタイル面で乱反射する光りだけが眩く存在している。男はデッキチェアの上に身を起こし、膝を抱えた。

少年は不意に、この人が布袋を被る男だとしたら、と閃《ひらめ》いた。デッキチェアの上に座る布袋の男を想像してみる。彼ならここで何を考えるだろう。アナウンサーが、どこかの国で人道支援活動をしていた医師団の車列が襲撃され全員が死亡した、と伝えた。少年は背後を振り返る。道を挟んでそこには森がある。高木の林が空を隠していた。屋敷の敷地の端には交差点があり、森沿いの国道と、町の中心から森を突っ切る形で隣町へと向かう道とが交差していた。

ラジオはコマーシャルに変わり、保険会社の電話番号が軽快な音楽に乗って繰り返された。プールサイドの男が垣根越しに覗く少年に気がついた。慌てることも驚く様子もなく、プールサイドの男は少年のことをじっと、感情の宿らない、漂うような虚ろな目で見つめる。選挙キャンペーンのコマーシャルになっても、男は少年から目を逸らさなかった。空洞のような瞳に少年は吸いよせられた。世界中の光りを呑み込んでしまいそうな果てし無い闇がそこにあった。虚無の入り口のようなその瞳を隠すために、この人はいつも布袋を被っているのかもしれない、と少年は考えた。少年は、あなたでしょ、と浴びせたかったが、言葉は喉元を焦がしただけで、飛び出すこともなかった。

ＣＤラジカセから流れる音の向こう側からサイレンが聞こえた。風に流され、森の木立にぶつかって、サイレンは遠ざかったり、接近したりを繰り返した。男がふと顔を上げたので、少年は垣根から離れ、振り返った。サイレンを鳴らしながら交差点に突っ込んできたパトカーが、やはり猛スピードで走ってきたステーションワゴンとぶつかった。お互いが急いでブレーキを踏んだものの、間に合わず、両者は交差点の中央で激しく衝突した。それぞれがブレーキを踏み込みながら、上手にハンドルを切り合ったために、正面衝突は回避され、横腹と横腹を押しつけあって、歩道に乗り上げ、消火栓に激突した。事故の直後に流れたのは、再び保険会社のコマーシャル。こういう長閑《のどか》な町だからこそ、逆にああいう事故が起こるんだ、と少年の父親はその夜、母親に向かって力説した。消火栓が壊れて屋敷よりも高く水を噴き上げ、事故現場の真上に美しい虹を拵《こしら》えた。

少年は、横転したステーションワゴンから這い出してきたのが、自分の兄ではなかったことに安堵した。母親はテレビのリモコンを掴み、スイッチを消しながら、パトカーは三頭目の犬が殺された現場に向かっていたのよ、と口を挟んだ。警察の車から白い煙が立ち上っていた。点けっぱなしだったテレビが消え、部屋は静かになる。少年はプールサイドを振り返ったが、すでにあの男の姿は無かった。父親はウィスキーを呑みながら、物騒な世の中だ、と嘆いた。プールの水面が燃えるように輝いていた。輝く水面の下に有り余る水が隠されていた。七色に輝く虹の端がプールの中へと降り注いでいる。

翌日、校長が校内放送を通じて、不穏な事件が頻発しており、十分に注意して下校するように、と訴えた。子供たちはその幾つかの事件について話し合っていたが、彼らの空想力に拠って、それらは都合よく結び付けられ捏造《ねつぞう》された。布袋の男はいつのまにか、子供の頃に犬に嚙みつかれ、犬に対する激しい憎しみを抱いている人物とされ、彼は全身に嚙まれた痕があり、それを隠すために布袋を被っていることになった。ステーションワゴンを運転していたのも布袋の男で、車から犬の死体が複数発見された、という具合に、子供たちの頭の中では物語は際限なく組み換えられ、修正され続けていた。

交差点でパトカーと衝突したステーションワゴンを運転していた若い男は、事故現場から逃走する時、少年と目があった。少年の父親はウィスキーを嘗《な》めながら、ステーションワゴンの運転手は事故直後どこかに逃げたってさ、と付け足した。横転したステーションワゴンから這いだしてきた男と少年は、数秒、視線を絡ませあった。どこかで見たことのある顔だが、思い出せない。母親は少年の兄が座っていた席を一瞥した後、俯《うつむ》いてしまった。父親は煙草を吹かしながら、ステーションワゴンは盗難車で、トランクから大量のドラッグが見つかったらしい、と告げた。きっと運転していた男は麻薬のバイヤーかなんかだったんだろうな。だから逃げたんだ。ドラッグって何、と少年は質問したが、誰もこたえなかった。

事故から数分して、住人たちがようやく集まりはじめ、パトカーの中から血まみれの警察官が救出された。少年は垣根越しにもう一度屋敷の敷地を覗いたが、プールサイドにはデッキチェアがあるだけ。いつのまにかラジオは消えており、代わりに、ステーションワゴンのクラクションが鳴り響いていた。少年の父は、もう寝る、と呟き席を立った。母親は黙ったまま、どこか一点をじっと見つめている。何を考えているの、と少年が訊ねると、あなたには関係ないこと、と呟き、悲しそうな光りを瞳の中に溜めて微笑んでみせた。

翌日、警官が二人、少年の家にやってきた。事故現場で少年を目撃した住民がいた。母親は最初、家出した兄に関する何かではないか、と心配し右往左往した。少年も兄が拳銃を持っていたことを思い出していた。

――あなた、その場にいたの？

母親が驚いた顔で問いただした。

――いたよ。

――じゃあ、なんで昨日言わなかったの？

――なんとなく。

――なんで、あそこにいたの？　どうしてそんなところに？

湧き起こる疑念のせいで、母親の眉根が微細に動いている。

――何をしていたの、そこで。何をこそこそ嗅ぎ回っていたのよ。

少年はパトカーの中で逃走した人物の特徴について質問を受けたが、思い出せない、と嘘をついた。現場に着くと、垣根の傍に立ち、プールサイドを見つめた。水が抜かれており、デッキチェアは折り畳まれ壁に立てかけられてあった。警官に当たり障りのない説明をした。なぜ、嘘をついているのか、分からなかった。

警官たちが帰り支度をはじめた。少年はもう少し彼らと一緒にいたかった。ポケットから紙切れを取り出し、差し出してみた。片方が、これは何か、と反応し、もう一方が無線で報告をはじめる。

背が高い方の警官は少年の兄のことを知っており、むかし一度、補導したことがある、と告げた。背が低く体格のいい警官の方はずっとガムを噛んでいた。少年はこの二人の警官と一緒に、監禁されていると訴えた婦人の家へと向かう。

――なんでもっと早く教えてくれなかった？

背が高い方の警官が運転しながら、大きな声で言った。

――ママにそれを見せたら、よくあることだって。

――よくある？

――それ以上は分からない。

パトカーの後部シートに座り、ガラス越しに自分の町を眺めた。いつも見ている景色なのに、何かが違う。神父が大きな荷物を抱えて歩いていた。窓に顔を押しつけ、手を振ったが、神父は気がつかなかった。芝生に水を撒いている人やジョギングをしている女性、或いは玄関先で談笑している老人たちが見えた。みんな知り合いか、顔見知りだった。まるでブラウン管を通して見る世界。

犬を殺された老婆の家の前も通過した。花の植わっていない花壇に土が盛られ、真っ白な十字架が刺さっている。犬をそこに埋葬したのだ、と少年は思った。日除けは今日も全てが閉ざされていた。

パトカーが目的地に到着した丁度その時、無線が入って、また犬がやられた、と告げた。ガムを噛んでいる方の警官が応対した。オッケイ、わかった、あとで合流する。またかよ、と背が高い方の警官が吐き捨てる。このままじゃあ、いつかこの町から犬がいなくなっちまうよ。

少年はパトカーを降り、記憶をまさぐりながら、その時のことを身振り手振りを交え伝えた。背が高い方の警官と少年はパトカーに戻って待機し、ガムを噛んでいた警官が一人聞き込みをはじめる。度々、無線で本部とやり取りをしながら。

――キリストは白人だったと思いますか？

路地の先に自分の家の郵便受けが見える。近所の住人が次々玄関先に現れ、背が低い方の警官と話している。警官は笑ったり、肩を竦《すく》めてみせたり。問題の家の日除けもやはりきちんと閉ざされている。白い棺桶のような家。

――さあ、考えたこともないよ。白かったんだろうな。でも、どうして俺にそんなことを訊くんだ。俺が黒人だからか？

黒人の血が混じっていることは一目で分かる。そうじゃないよ、と少年はかぶりを振った。

――白いか黒いかを知りたいわけじゃないんです。なぜ、みんな白だと言い切るのか、が分からなくて。

——そうかもしれない、そうだと思う。でも、その話は俺にはちょっと。つまり俺はキリスト教徒じゃない。俺には俺の神がいる。キリストのことはあまり知らないんだ。違う神がどのような存在か、新たな興味も湧いたが、そのことを質問するだけの知識もなく、差し控えた。ガムを嚙んでいた警官が戻ってきて、さあ、降りて、と急《せ》かした。少年はまたしても、目を細めなければならない。眩しい光りの中に、褐色の肌を持った警官が二人、立ちはだかった。

——解決した。何も問題はなかった。

ガムを嚙む警官が相棒に向かってぶっきらぼうに告げた。少なくとも少年には、ぶっきらぼう、に聞こえた。

——問題無し？

少年が、聞き返した。

——ああ、もうこの件に関しては忘れてくれていいよ。お母さんの言うとおり。よくあることだった。

警官は車に乗り込み、少年をそこに置き去りにして出発した。少年は監禁されていると訴えた婦人の家を振り返った。家が光ったような気がした。太陽がまた悪戯をしているだけだ、と分かっていても、呼ばれたような気になった。

警官は家には踏み込まず、全ては解決した、と断定した。周囲を見回した後、少年は敷地に踏み入り、壁に沿って裏手に向かった。裏手に回るには、鉄門を乗り越える必要もあった。猫の額ほどの庭が建物の真裏にあり、そこでは隣家の壁が迫っていた。赤い蒴果《さくか》をいっぱい付けた植物の、分厚い葉が、陽光をところどころ遮っている。錆びついた自転車や旧式の芝刈機が中程に放置されていた。ここでも日除けが下ろされていたが、建物と地面との境に小さな鉄格子付きの換気窓だけは内側に向かって開かれていた。寝ころがり、中を覗き込んで息を呑んだ。紙切れを手渡した女性が全裸で小さなベッドに横たわっている。婦人は糸の切れた操り人形然として、ベッドの上で脱力し、そのぐったりした感じはプールサイドの男がデッキチェアに寝そべる姿を思い出させた。けれども、縛りつけられたり、拷問を受けている様子はない。少年を驚かせたのは、その視線。プールサイドの男と同じような空洞の目で、壁の、小窓から差し込む光りがベッドサイドの水瓶に反射して拵えたと思われる不思議な光りの模様を、眺めていた。目はくり抜かれたようにまん丸く、顎を突き出し、口はしまりがなく僅かに開き、死体のようにも見えたが、時々、伸ばした腕の先で開かれた五本の指がぴくぴくと痙攣《けいれん》し、生存を伝えた。婦人の皮膚は僅かに汗ばみ、艶やかに光っていた。金色の髪と陰毛が逆に柔らかく、波うっている。声を掛けるべきか、迷った。婦人の目はそこに映る光りを確かに見ていたが、同時に、違う次元の世界をも見つめている。波うつ光りの模様を通して、彼女の意識はまったくの異次元に滑り込んでいるような感じだった。それが証拠に、婦人は時々、光りの模様に向かって、微かに唇を動かしては、語りかけようとしていた。少年は見とれたが、このことを警官に伝えるべきか、悩んだ。婦人の夫と思われる人物が地下室にやってきて、水瓶の水を婦人の口に含ませた。女の体をタオルでふいた。よくなめされた革製品のように、婦人の皮膚は艶やかに光った。心地良さそうに婦人は目を細めた。夫は頭髪が薄く、多少太っていたが筋肉質で、手や足や鼻が大きかった。

よくあることだから、と母親は少年に言った。何がよくあることなのか、少年には分からない。解決した、何も問題はなかった、と警官は言った。婦人がここに監禁されているというのに、どうして何も問題がないのだろう、と少年は思った。婦人は、殺される、助けてください、と訴えた。婦人の夫は立ち上がり、古びたステレオのターンテーブルにレコードを載せた。どこの民謡か分からなかったが、ステレオと同じくらいに古臭い音楽が流れはじめる。柔らかい光りが換気窓から降り注ぎ、床の一部にスポットライトのような光りの輪を拵えた。婦人の夫は立ち上がると、着ていたシャツを脱ぎ捨て、ランニング姿になって踊りはじめた。婦人は上体を起こし、左手で頭を支え、踊る夫をつまらなさそうに見ている。夫は踊りつづけているが、婦人は唇を真一文字に結んだまま、笑うわけでも、声援を送るわけでもなく、怠惰な視線を送り続けた。よくあることだから、と告げた母親の声が再び少年の脳裏に蘇る。よくあることとは、監禁だろうか、それとも脱走？ あるいはダンス？ 夫は真剣に踊っている。真上からになるので、表情は分からない。でも後頭部は既に汗ばんでいた。ランニングの白と焼けた皮膚との境目から胸毛が顔を出している。胸毛は背中にまで達しており、熊のようだな、と少年は思った。なんだか急におかしくなってきて、少年は仰向けに寝ころがり、急いで息を吸い込んだ。笑いを堪《こら》えようとすると、苦しくなり、のたうち回った。狭い空間に太陽はなく、ただ青い空がささやかに口を開けていた。

ミサの後、母親が出掛けようとしている神父を摑まえ立ち話をはじめたので、少年は石段に腰を下ろし、家路につく人々を眺めることにした。一人の青年が鳥影のように教会前の広場を横断していく。母親は、少年を一瞥《いちべつ》した後、懺悔《ざんげ》したいことがありますの、と神父に素早く耳打ちした。青年はスーパーマーケットの従業員たちが着ている赤い制服を羽織っており、配達用台車を押している。少年は、先に帰っていて、と残しその場を離れた。母親は駆けだした少年の背中を見つめ、神父は空へと視線を逃したが、表情は二人とも虚ろで、心はそこになかった。

スーパーマーケットの裏手に広がる駐車場の日陰に台車を置いた後、青年は車止めのブロックに腰を下ろし、一服した。時間が早いせいでか停車している車は数台程度、あとは光りを眩く照り返すコンクリートの海原だった。青年は、まるで砂浜に佇む老人さながら、ぼんやりと脱力した状態で、幻の水平線を見つめている。少年は配達車の後ろに隠れて目を凝らした。パトカーと衝突した、あのステーションワゴンから這いだしてきた青年に違いない。青年の目は瞬きさえも忘れて一点を見つめている。あるいはこの青年こそが布袋の男かもしれない、と少年は想像した。青年と布袋を被った男の姿とが重なる。青年は日陰に座り、光り輝く海原と対峙している。

青年が、煙草をもみ消すために上体を捻《ひね》った時、配達車の陰にいた少年と目が合った。お互いの記憶が海原に浮上する。青年はおもむろに立ち上がり、眉間に力を込めた。僅かに首を傾げ、記憶をまさぐっている。少年は身の危険を覚え、走り出した。おい、待てよ、と青年の声が背後で弾ける。

地面を蹴るたび、重たい感触と振動が足裏から突き上がってくる。道は僅かに傾斜しており、なかなか速度が出ない。教会前の広場に神父の姿があった。出掛けようとしているらしく書物と紙袋を持っている。すでに母の姿は無かった。少年が、神父さま、と声を張り上げると、追いかけてきた青年は広場の入り口で立ち止まった。青年は周囲をきょろきょろ見回した後、建物の陰へと逃げ込んだ。

——どうしたんだい。

——悪い奴を見つけたら、どうしたらいいですか？

少年は背後を振り返り、広場中に届くほどの声で問い掛ける。

——ぼくはそいつを裁くことが出来ますか？

神父はかぶりを振った。

——いいや、それは出来ない。

——じゃあ、どうしたらいいの？

神父はいつものように優しく微笑みかけた後、こう言った。

――もしも、悪いことをしている人間を見つけたら、誰か大人に相談しなさい。けっして自分一人で行動を起こさないことです。

少年はスーパー周辺を避け、遠回りをして帰ることにした。草が生い茂る空き地に烏《からす》が集まっていた。壊れた煉瓦塀や、置き捨てられた土管の周囲に、数羽の鳥が屯《たむろ》している。木切れを拾って近づいてみると、土管から血が滴《したた》っていた。草の匂いに混じって、生臭い血の匂い。犬はまだ生きていたが、虫の息。苦しそうに喘《あえ》いでいる。覗くと、血まみれの牙《きば》が見えた。犯人が近くにいるような気がして、少年は辺りを見回した。周囲の家の日除けは閉ざされている。

父親は、急に仕事で外国に行かなければならなくなった、と告げた。少年は、どのくらい、と訊いた。

――一週間かな、その間、ママのことを頼むな。

――明日から？

――戸締りをして、悪い奴が来ないように、番犬の代わりになるんだ。

少年は母親を見返った。ナイフで肉を切っていたが、視線は肉ではなく、真っ白なテーブルクロスに落ちていた。赤い血を含んだ肉汁が皿の上に溜まっている。少年は木切れで犬の体をつついてみた。犬は必死で抵抗を試み、棒切れに噛みついた。棒を引っ張ると、犬はずるずる土管から出てきた。このステーキは旨いな、と父親が呟く。スーパーで買ったのに、と母親。少年はほとんど手をつけていなかった。赤い犬かと思うほど、血に染まっている。裂けた腹部から肉片やチューブのような内臓が飛び出していた。それらもいっしょに土管の中から引きずり出される。もう、元に戻ることはできない、と少年は感じた。鳥が少し離れた場所から犬を見つめている。犬の目が哀れに訴えている。少年は悲しくなり、棒切れを振り回し、鳥を追い払った。また犬が殺されたって、と母が付け足した。鳥は飛び去り、またしても陽光が少年の目を射た。

——神様はちゃんと見ているんだ。きっと犯人は裁かれる。

父親が母親の目を見つめながら言った。母親は、そうね、と呟き視線をそらした。

翌日、具合が悪くなり、少年は早退を申し出た。家に戻ると電話が鳴っていたが、母親の姿はない。電話は一度切れ、再び鳴り出した。いつまでも切れないので、少年は受話器を摑んだ。

——今、別れたばっかりなのに、もうしたい。今さっき、抱き合ったばかりなのに、もう抱き合いたい。ぐるっと一周して戻ってきてしまった。ずっとローギアのまんま、走っていた。クラッチがいかれそうだ。もう一度だけ、お前の顔が見たい。

興奮気味の男性の声が受話器から飛び出してきた。電気的に歪んだ、がさがさした声。

少年は黙ったまま、室内を見回す。赤いスカーフが、脱ぎ捨てられた下着のように、ソファの上に無造作に置かれている。

——おい、出てこいよ。俺はお前の顔が見たい。もうすぐお前ん家《ち》の前に着く。ほら、着いた。お前を驚かせようと思って、引き返して来たんだ。体が火照《ほて》っているうちに。さあ。もう一度だけ。見せろ、お前の欲望を。

庭に面した窓のカーテンが僅かに開いている。電話機を掴んで、窓辺まで行き、隙間から外を覗いた。黒い車が道の反対側に停車している。

——もしもし？

様子を探るような間があいた。受話器を耳に押し当てたまま、少年はカーテンを力任せに引いた。同時に電話が切れる。

階段を駆け降りてくる足音がしたので振り返ると母親で、髪の毛は濡れたまま、それをタオルで乾かしながら、どうしたのよ、学校は、と浴びせた。濡れた髪が肌に張りついているというのに、顔には化粧。或いは一度落とした上にもう一度化粧をし直したような乱れのない完璧な美しさだった。受話器を睨み、誰から？　と眉間に皺を寄せて訊ねた。

少年は、男の人から、と呟いた。変な車が家の前にいるよ。

――切れたの？

母親は開かれた窓の外を一瞥し、少年から受話器を奪い取ると耳に当てた。エンジン音が響きわたり、黒塗りの車が急発進した。母親は受話器を下ろし、

――さあ、おやつにしましょう。

と話題を変えた。

――ねえ、パパが言ったことは本当？

母親は冷蔵庫からアイスクリームを取り出しながら、何のこと、と聞き返す。

――神様はちゃんと見ているって言ってたじゃない。

そうよ、きっと。素っ気ない返事。神様はママのことも見ている？　母親は振り返り、テーブルに座る少年を睨んだ。少年が、懺悔に行くのでしょ？　と投げつけると、母親はアイスクリームを少年の前に放り出し、あなた、聞いていたのね。ママが神父さまと話していたのを、と口調を尖らせる。

——何を懺悔するの？

——たいしたことではないの。よくあることよ。

少年はしつこく食い下がった。母親はバスルームに行き、鏡に向かった。まるでセメントで凸凹を塞ぐ道路工事のように、ファンデーションを塗り込みながら、パパはもともとママの妹の恋人だったのよ、と告白した。

——いまだに私たちは仲が悪い。そのことを、懺悔しようと思った。

でも、と呟き、話をはぐらかすように思い出し笑い。

——神父さまはここのところ体調がすぐれないんだって。だから、少し元気になるまで懺悔は待ってほしいって。人の話を聞くのはそれだけ大変な御仕事なのよ。ご苦労がよく分かる。私だったら出来ない仕事だもの。神様に代わって人間の辛い告白を聞くだなんてことは……。

誤魔化すように微笑む母親の顔を少年は睨み付ける。しばらく、母親の素顔というものを見てない。朝起きた時にはすでに化粧を終えているし、夜は少年の方が先に寝てしまうせいで。右頰の上が皮下出血をしていた時も、うっすらと化粧をしていた。ずっと綺麗な母親でいてほしいから、少年も素顔を見たいとは思わない。

――ぼくはそいつを裁くことが出来ますか？

神父はかぶりを振った。

――もしも、悪いことをしている人間を見つけたら、誰か大人に相談しなさい。けっして自分一人で行動を起こさないことです。

少年はバス停脇の路肩に待機するパトカーを見つけた。覗くと見覚えのある顔が運転席でハンバーガーを齧《かじ》っている。向こうも少年に気がつき、白い歯を見せつけるようにして、微笑んでみせた。

――なんだよ。学校はもう終わったのか？

――何言ってんのさ。とっく。

相棒の、いつもガムを噛んでいる警官は見当たらない。少年は、お巡りさんは、悪い奴を裁くことが出来る？　と訊ねた。

――摑まえることは出来るけど、裁くことは出来ない。裁くのは裁判所だ。

――神様じゃなくて？

――俺に言えることは、裁判所が悪人を裁く、ということだけだ。悪い奴を知っているのか？

　少年は、うん、と頷いた。話してみろよ、と警官は言った。ハンカチで手を拭いながら、背が低い方の警官が公園の方角から戻ってきた。

　パトカーは森沿いの、少し離れた場所に停車し、エンジンを切った。ラジオの音は聞こえてこない。少年はプールのある屋敷を指さし、あそこに逃げ込んだよ、と警官たちに告げた。

　——なんで前ん時、嘘ついた。

　少年は肩を竦め、嘘をついたんじゃない、判断ができなかった。何が本当で何が嘘っぱちか、迷ったからさ、と答えた。

　——大きなプールがあるんだ。プールサイドにデッキチェアがあって、犯人はそこで寝そべっている。その男が、あの日、車から這いだしてきて、あそこの家に逃げ込んだんだよ。ぼくははっきりと顔を見たもの。

　背が低い方の警官が、まずいな、とこぼした。

　——そいつは、俺たちには手が届かない人間だ。いずれにしても上司の許可がいる。

　——警察が逮捕できない人間なんているの？

　ガムを嚙みながら背が低い方の警官が、気まずそうな顔で頷いた。

——逮捕は出来るさ。でも、手順が必要になる。

——あの人は、ここの人間じゃない。俺たちなんかにゃ手の届かない高い場所で生きている人だ。なんであの人がこんな田舎町に別荘を買ったのかは、分からない。ただ、分かるのは、うかつにドアをノックすることはできない、ということだけ。

情けないな、と少年は呟き、舌打ちした。そう言うなよ、と運転席に座る背が高い方の警官が呟いた。その時、黒塗りの車が戻ってきて、屋敷の前で止まった。車庫の扉が自動的に開きはじめる。少年はその車に見覚えがあった。

——今、別れたばっかりなのに、もうしたい。今さっき、抱き合ったばかりなのに、もう抱き合いたい。

車庫から出てきたのは、プールサイドにいたあの男だ。少年の心臓が血液を激しく全身に送りはじめる。男は日溜まりで立ち止まりパトカーを睨んだ。

——あいつだよ。

少年は言った。

——雲の上の人だ。

少年の兄が言った。

――お前なんかにゃ、想像も出来ない世界で生きている人さ。俺はその人の下で働いている。正確に言えば働くことになっている。

――じゃあ、お金だって、その人にもらえばいいじゃないか。

少年は母親に聞かれないよう、ソファの後ろに隠れて電話をしていた。時々、そっと頭を出し、階段やキッチンの方を確認しながら。

――そうじゃねえよ。その人に認めてもらうためには、金がいるんだ。

――でも、どこにそんな金があるのか、知らない。

――おふくろの指輪があるだろ。ほら、いつも自慢しているでかいのが。

――やだよ。

――じゃあ、やるしかない。今度は徹底的にやる。もっとすごいことを。

――ダメだ。今度何かやったら、裁きを受けることになる。

少年の兄は笑いだした。神父はかぶりを振った。

――もしも、悪いことをしている人間を見つけたら、誰か大人に相談しなさい。けっして自分一人で行動を起こさないことです。

少年は神父を探した。あの警官たちでも良かった。あるいは母親だろうと。いいや、母親はだめだ。もはや母親は向こう側の人間になった。相談できる人間は限られてきた。

薄暗い教会の中を探し回ったが、神父の姿は無かった。広場の中程に建立されたばかりの平和を象徴するモニュメントの陰から、青年が不意に顔を出し、行く手を遮った。制服を着ていなかったせいで、誰だかすぐには分からなかった。少年は後ずさりし、逆に青年は数歩近づいた。隠れる場所はない。太陽の光りが垂直に降り注いでいた。少年は徐々に歩くピッチを速め、一番近い路地に逃げ込んだ。振り返ると、青年がついてくる。少年が走り出すと、青年は追いかけてきた。全速力で走ったが、逃げきれるものではない。近くの民家に逃げ込み、鍵をかけた。日除けの隙間から外を覗くと、若い男は白い十字架が刺さる花壇の手前にいた。誰、と背後で声がした。

――へんな人に追いかけられて。

愛犬を殺された老婆はもう一つの窓の日除けの隙間から外を覗いた。

――あの男かい？

少年が頷くと、老婆は一度奥に引っ込み、猟銃を持ち出してきた。鍵を外し、戸を足で蹴飛ばして開け、外に出た。老婆が狙いを定めると、青年は驚き後ずさりした。日除け越しだったせいで、まるで映画のように天地が切れ、青年と十字架と老婆と猟銃だけが見えた。くそ、と母親が喚《わめ》く。厚く施された化粧の下から汗が噴き出している。ワインの瓶が一本空になっており、酒臭かった。金色の髪は顔に汗で張り付き、指先のマニキュアは剝がれかけていた。監禁されていた女性のことを思い出す。少年は母親の首筋に触れた。汗が冷たくなっている。くそ。青年が捨て台詞を残した。普段は絶対に使うことのない言葉づかいで母親は寝言を繰り返した。老婆は愛犬の剝製を少年に見せた。目の玉まで精巧に再現され、しかも毛には防腐処理が施されている。生きているような毛並みだろ、と老婆が自慢した。少年は母親の服を脱がせにかかる。シャツのボタンを外し、ブラジャーのホックを外す。老婆の許可をもらって剝製に触れてみると、意外にも温もりがあった。少年は母親を素っ裸にする。足先にもペディキュアが塗られていた。スタンドの光りによって、汗の粒がところどころで金粉のようにキラリと光った。少年は母親を抱きかかえ、ゆっくり床に下ろした。老婆は、剝製の中にヒーターを埋め込んだのだ、と告げた。冬はカイロの代わりになるからね。少年は二階にあがり、階段の踊り場から板間に横たわる母親の裸体を眺めた。監禁されていた女性のように美しい。長い脚、長い腕が死体さながら、だらりと伸びきっている。表情は髪で隠され分からない。スタンドの光りのせいでか、皮膚が金色に輝いて見える。老婆は今でも一緒に寝ているのよ、と告白した。ポラロイドカメラで母親を写した。シャッターを押す瞬間、少年はほんの僅か罪悪感に見舞われた。太股《ふともも》の内側で何かが光った。水だ。

少年が同級生らと下校していると、クラスメートの一人が走ってやって来、おい、と大声を張り上げた。子供たちは目の色を輝かせ、走りはじめる。

布袋を被った男が辻公園を墓地の方へと向かって歩いていた。子供たちはその後ろをぞろぞろとついて回る。木切れや石ころを握りしめている者もいる。公園の管理人が、やっかいなことを起こすなよ、と声を掛けたが、子供たちの好奇心は膨れ上がるばかり。墓地に行くようだ、と誰かが叫ぶと、墓地に何しに行くんだろう、と別の誰かが興奮気味に戻した。少年はただ一人、不安な気持ちを抱え、行列の一番後ろにくっついていた。

布袋の男は墓地の中程にあるベンチに腰掛けた。子供たちは少し離れた場所に陣取る。だだっぴろい墓地の中程に布袋の男が一人ぽつんとうつむく。男は何をするわけでもなく、やはり膝の上に肘を乗せ、両手を顔の前で組んで、考え事をしている。

――どうする？　やっつけようか。

誰かが提案した。少年は勇気をだして、

――あの人は誰かに危害を加えるような悪い人じゃないよ。

と弁護した。

――でも、キリストを侮辱した。

――それに神聖な墓地に、あんな恰好で来るだなんて。

少年は、でも、ぼくは彼と話したことがある、と抗議したが認められなかった。誰かが小石を布袋の男目掛けて投げつけた。足元に達したが、男は動じなかった。

――やめようよ。

少年は石を拾う友人らに呼びかけた。

――なんであの男の肩を持つんだよ。

誰かがまた石を投げた。今度はベンチに当たって、硬質な音をあげた。それがきっかけとなり、投石がはじまる。

こら、やめるんだ。警察官が二人、墓地の入り口に顔を出した。子供たちは一目散に逃げ出し、少年だけがその場に残った。またお前か、と背が高い方の警官が呟いた。背が低い方の警官が布袋の男に職務質問をしたが、男は布袋を取ろうとはしなかった。

みんながいなくなった後も、布袋の男はベンチに腰掛けたままだった。少年は墓地の入り口から様子を窺《うかが》う。同級生らが戻って来るかもしれないので、見張りを兼ねて。あるいはもう一度喋る機会が訪れないかと期待して。

広大な墓地の真ん中に男がいた。奥には森が広がっている。姿の見えない鳥が美しい声で囀《さえず》っている。風も無く、ただ眩しいだけの世界。男は僅かに頭を擡《もた》げ、まるで祈るような姿勢で墓石と向かい合っていた。少年はもう一度男と話してみたいと思ったが、やめた。男がここに眠る死者たちと向かい合っているのが分かったから。鳥の美しい囀りが谺《こだま》する。時間が経つうちに、男の奇妙な存在も暮れなずむ墓地の景色と同化していった。異質だったものが、不意に普通になり、馴染みはじめる。もはや少年の目には、布袋を被った男の存在は奇異なものではなく、景色の一部となって映った。

家に帰ると、父親が戻っていた。少年は、お帰り、と言ったが、父親は返事を戻さず、怖い顔のまま少年の前から姿を消した。階段を駆け上がると、母親がベッドの脇でうずくまり、口から血を流し、目を瞑《つむ》って痛みに堪えている。着ていた服が引き裂かれ、白くピンクがかった肌が露出していた。土管の中から出てきた血まみれの犬を思い出す。

――何でもないのよ。何でもないの。

言いながら、母は泣きだした。階下でガラスの割れる大きな音がした。へたり込んでいた母親が耳を塞ぎ、ああ、と声を漏らす。やめてよ。もうやめて。

少年は階段の踊り場からサロンを見下ろした。視界の中を父親が行ったり来たりしている。動物園の虎の檻を見ているようだ。父親が動くたびに形あるものが壊されていった。大きなガラス製の花瓶が粉々に砕けた。写真立てや、スタンドや、額縁などが、壁や床に次々叩きつけられていく。父親は大きな声を張り上げ、持ち上げた椅子を窓に投げつけた。ガラスの割れる華々しい音が一帯に轟いた。少年は急いで戻ると、寝室の戸に鍵をかけた。

通報があったのだろう、三十分ほどして階下が騒然となった。少年は部屋から出て様子を見る。二人の警官は部屋の中央、ソファの横に立っていた。帽子と制服が見えた。

――べつに自分の家のものを壊したからってそれが罪になるのですかね。それは私の勝手でしょ。違いますか？

父親はそのようなことを興奮気味に、繰り返し述べた。背が低い方の警官が宥《なだ》める。

――まあ、少し冷静になってください。いったい何があったのか、ご近所の方々も心配されています。

背が高い方の警官は階上を振り返り、踊り場に少年を見つけると、口を真一文字に結び直してから頷いた。少年は、母さんが怪我をしているよ、と訴えた。

――おい、勝手にあがるな。そこはプライベートの場所だ。なんの権利があって、そんなことをするんだ。

背が低い方の警官が少年の父親を制した。

――私の家だ。私が買った家だ。私が壊すんだ、何が悪い。

少年は背が高い警官を寝室に案内した。母親は床に倒れ込んだまま、動かない。警官は母親の脈を取り、それから無線で救急車の手配をした。少年は階段を恐る恐る下りていった。父親の怒りは収まらず、警官に向かって怒鳴り散らしている。正面に面した窓は粉々に破壊され、開けっ放しになっている。生ぬるい晩夏の風が流れ込み、薄手のカーテンが優雅に翻った。玄関も開け放たれており、もはや、外から中が丸見えだった。隣近所の人々が家の中を覗き込んでいる。父親が神経質な怒声を上げた。

――ご主人。落ちついて。何か誤解があったのかもしれないでしょ。

――いいや、誤解なんてないよ。あいつははっきりと自分の口でそう言ったのさ。仕事から帰ってきて、くたくたなのに、聞かされたくなかったよ。くそ。

父親は天井に向かって、怒鳴りつづけた。少年は階段を駆け上がり、寝室を覗く。立ち上がった母親を、背が高い方の警官が支えている。

――本当に大丈夫です。救急車なんて大げさよ。これは何かの間違いなの。

遠くに、サイレンが聞こえた。

――取り返しのつかないことを仕出かしてしまったな。

少年の父親は、下りてきた自分の妻に向かって憎しみをぶつけるように言い放った。背が低い方の警官が父親の腕を掴み、警察で事情を説明してもらいます、と強い口調で言った。母親は取り乱し、泣き続けている。

――どうなるの？

少年は訊ねた。母親は少年を抱きしめ、なんでもないのだから、と言った。すると父親が少しだけ冷静さを取り戻し、ああ、たかが夫婦喧嘩さ、と吐き捨てる。そうなんです、夫婦喧嘩に過ぎないの、と母親が声を押し殺して同意した。

救急車が到着すると、家の外がいっそう賑やかになった。開きっぱなしの窓の向こう側から家の中を覗き込む近所の人々の顔が見える。回転する救急車の赤いライトが白壁に明滅した。少年は割れた窓に近づき、日除けを閉めた。それがただ、彼に出来ることでもあった。

結局、母親は救急車に乗ることを拒み、父親も警察に行くことを拒否した。ふたりは口を揃えて、たいしたことではないし、もう今後このような騒ぎは起こさない、と宣言してみせた。

パトカーや救急車が出動する騒ぎとなったせいで、町中の人々がこの事件のことを知った。もちろん、学校でも話題となった。子供たちは容赦なく、君んち何があったの、と浴びせてきた。少年は訊かれるたびに、よくあること、と答えていたが、昼休みになると、下級生や上級生までもが覗きに来て、収拾がつかなくなった。それで少年は、普段運動靴を入れている靴袋を机の中から取り出し、目の位置にカッターで一つ穴をあけ、頭から被った。そうしてみて初めて、あの布袋の男の気持ちを理解することができた。靴袋を頭から被ると、不思議なことに、世界と自分とをきちんと分離して考えることが出来たし、何より、自分のことをかつてないほど身近に感じることが出来た。自分の過ちも、人間の驕《おご》りも、或いは世界の本当の大きさも、よく見えた。

少年は教師に再三忠告を受けたが、その日はずっと靴袋を取らずに過ごした。

――だって、みんなが変な目でぼくを見るし、くだらない質問をしてくるんだもの。

担任は少年を教員室に連行した。他の教師たちは言葉を失ったまま少年を見つめた。校長がやってきて、力ずくで靴袋を取ろうとしたが出来なかった。少年はあらん限りの声を振り絞って抵抗した。あまりに激しく抵抗するので、しばらくこのままで様子を見ましょう、と教師たちは結論づけた。

少年は愉快だった。靴袋にあいた一個の穴から見る世界というものは、それまでの、美しいだけの町の景色を一変させた。この装置によって、少年は客観的に世界を見ることが出来るばかりか、同時に、隠しきれないものや人間の醜い本当の姿を見極めることが出来た。

まず神父のところに赴いた。教会に少年が姿を現した時、聖職者たちは驚きを隠さなかった。彼はいない、と聖職者の一人が答えた。馬鹿な真似は止めなさい、と別の神父が少年の頭を指さし、諭《さと》した。

教会を後にし、少年は町で唯一のスーパーマーケットに立ち寄る。驚く人々を無視して少年は探し回った。発泡スチロールの箱を抱えて作業する青年を鮮魚コーナーに見つけると、少年はそのすぐ真後ろに立ち、指さした。販売員らが気がつき、ざわめきが起きた。少年は大声で、この人はドラッグを売りさばいている悪い人です。神の裁きを受ける必要があります、と叫んだ。不意をつかれた青年は驚き、後ずさりする。人々が青年を振り返った。少年は踵《きびす》を返しスーパーマーケットを後にした。

愛犬が殺された老婆の家を覗くと、戸が開きっぱなしで、戸口に血まみれの包丁が転がっていた。差し込む光りが包丁の突端に留まり、鈍い輝きを放っている。少年が恐る恐る室内を覗き込むと、老婆は丁度、剝製に向かって話しかけている最中だった。

――なあに、大丈夫。思わぬ抵抗を受けて、嚙みつかれてしまったけど、でも、こんなのたいした傷じゃない。自分で縫い合わせることができる。

老婆の手元は真っ赤に染まっており、もう一方の手で手首を握りしめてはいるものの、血が止まる気配はなく、滴《したた》った血が老婆の足元に赤い水たまりを拵《こしら》えていた。

――ちゃんと仇《かたき》をとってきたよ。この悲しみを町のやつらにも味わわせてやる。お前の無念を私がはらしてやるんだ。

少年は老婆の背後に忍び寄り、そんなことは正しいことじゃありません、と告げた。慌てて振り返った老婆は袋を被った少年に驚き、引っ繰り返ってしまう。少年が近寄ると、老婆は剝製に抱きつき、途切れることのない叫び声を上げた。少年は怖くなり、飛び出してしまった。

監禁されている婦人の家も覗いてみた。少年は芝の上を匍匐《ほふく》前進し、換気窓から地下室を覗き込んだ。夫婦は裸で寄り添い眠っていた。袋にあいた穴の中で、二人の皮膚は溶け合い、一体の優しい彫刻作品と化していた。

風が吹くたびに靴袋の中が膨らんだ。普段は笑顔を向ける町の人たちが、少年を見つけると指さしたり、ひそひそと耳打ちしあったり、眉間に皺を寄せた。逃げ出す者や、付いてくる者や、罵声《ばせい》を浴びせる者もいる。町全体がアレルギーの塊のようになって、少年を排除しようとした。何をしている、何の真似だ、どこの子だ、そんなことをして、担任は誰だ、家はどこだ、と彼らは口々に投げつけてきた。もはやこの町の中に隠れる場所はなく、ここでもやはり隠しきれないものばかりが、老朽化した壁の染みさながら、そこかしこで滲み出していた。

少年は行く手に立ちはだかろうとする大人たちを回避して走った。靴袋をはぎ取られないようにして、逃げ続けた。そんな真似はやめるんだ、と人々は叫んだ。馬鹿な真似をしないで、袋を取りなさい、と誰かが怒鳴った。歪んだ顔こそが、彼らの本当の顔だと、少年は思った。

森沿いの道を歩いていると、黄色い旧式のスポーツカーがやってきて、少年の傍で止まった。

——何してんだ。この馬鹿。

驚き、覗くと、スポーツカーの助手席に少年の兄がいた。

――分かるの？　ぼくのこと。

――みりゃ、背恰好ですぐ分かるさ。あのおかしな男の真似か？　やっぱり悪い奴だな。子供に悪影響を及ぼしている。

兄は、やっつけちゃうか、と声を張り上げ、笑った。運転席の男は派手な模様のジャンパーを粋に羽織ってはいたが、貧相な笑いを絶えず浮かべ、目つきも悪かった。よく見ると、ハンドルを握る手の中に、拳銃が挟んである。

――そうじゃないよ。あの人はすごい人だったって、よく分かったんだ。こうやって袋を被って世界を見ると、全然違って見えるんだよ。みんなが隠そうとしていたものがよく見える。ねえ、兄さんもやってみない？

――ちぇ、それが悪影響だっての。

穴から見る兄の顔は、テレビや何かでよく見るギャングの顔と変わらなかった。

――なんか、家であったのか。立ち寄ったら、誰もいなくて、家の中はめちゃくちゃだった。

――別に、たいしたことじゃない。よくあることがあっただけだよ。

少年の兄は、よくあることって何だ、と吐き捨て笑った。運転席にいる男が、拳銃を構え、少年に狙いを定める。

――いつ帰るの？

少年は銃口に気を取られながらも質問した。

――あのな。これから俺たち、大仕事をやらかすんだ。だからしばらく戻れない。

――悪いこと？

ちぇ、モラリストめ、と少年の兄は舌打ちをした。

――じゃあな。お前はこのちっぽけな世界でまともに生きろ。くそったれ。

運転席の男が、バン、と口で銃を撃つ真似をした。兄が奇声を張り上げると、車は物凄い勢いで走り出した。少年はいかなる感情も抱かず見送った。

プールのある家には誰もいないようだった。ただプールサイドにあるCDラジカセは点けっぱなしで、相変わらず大音量で音楽を垂れ流していた。垣根越しに屋敷の中を覗き見ながら、少年は待った。流行りの音楽が立て続けにスピーカーから飛び出して来、その都度、辺りを騒々しくさせた。少年の頭は汗ばんだ。額から汗が一粒、こめかみの横を通って首筋へと流れ落ちていった。あの男を裁くつもりで来たのに、と少年は悔しかった。戻ってきたら裁きに掛けてやる。気配を感じ振り返ると、道を挟んだ森沿いの歩道に布袋の男が立っていて、少年を見ていた。袋を被っていても、男の驚きは十分伝わってきた。少年はうれしくなって笑った。話したいことが沢山ある。きっとこの人なら今の自分の気持ちを理解してくれるに違いない。手を振り上げて合図を送ろうとした時、スポーツカーが猛スピードで戻ってきた。一瞬の出来事で、何が起こったのか、少年は咄嗟に判断することが出来なかった。パン、パンと二発の銃声が響きわたった。少年は驚き、しばらく様子を見ていたが、起き上がる気配はない。風が吹いた。少年は靴袋を取った。光りのせいで、目を開けていられない。屋敷から、ニュースが流れはじめた。どこか遠くの世界で起こったテロについての淡々とした情報。少年は道を渡り、撃たれた男の傍に駆け寄った。胸部と腹部の辺りが血で染まっていた。

　少年は男が被りつづけていた麻の袋を取った。男の弱々しい頭髪が揺れる。見開かれた目はもはや動かず、彼が最後に目撃した、輝かしい光りをその眼球の中に封じ込めていた。近くに神がいるような気がして仕方がなかった。少年は男が持ち歩いていた紙袋から法衣を取り出し着替えさせた。血に染まった衣服と、布袋などはまるめて紙袋に放り込み、抱きかかえた。

その場から出来る限り早く、離れる必要があった。まだ光りに力が残っているうちに。

歌どろぼう

歌が盗まれていることに、男はまるで気がつかなかった。

久しぶりに歌おうと思って口許を緩めたのはいいが、喉の奥からは何も出てこない。口をぽかんと開いたまま、何を歌いたかったのかさえも思い出せず、間抜けな恰好でぼんやりと天井を眺めた。

はて、と首を傾《かし》げ、その時は歌うのを諦め、会社に出掛けた。家に戻って風呂に浸かり、気分がよくなってきたので改めて喉を鳴らそうとして、ようやく歌が失われていることに気がついた。

「あのね、歌おうと思うんだけど、声が出ないのよ」

時を同じくして男の妻がもらした。男は、ぼくもだ、と喉元に手を置いて訴える。

「ニュースでやっていたけど、最近、あちこちで歌が盗まれているんだって」

「歌が？」

いつ歌が盗まれたのか、二人とも覚えがない。

「カードの暗証番号だって盗まれる時代でしょ。どろぼうは巧妙に歌を盗んでいくのよ」

妻は歌う真似をするが、黒目がくりくり動き回るばかりで、歌声は何一つ出てこない。餌を親鳥に要求する雛鳥《ひなどり》みたいだ、と男は思う。

「歌を盗まれたって、生活に窮するわけじゃないでしょ。だから、みんなすぐには気がつかないのよ」

「でも、歌なんか盗んでどうするんだろう」

男は鼻で笑った。別に歌なんかなくとも生きていけるわ、と妻。

「歌手だったら困るだろうけど、一般人のぼくたちには、歌がないからといって、差し当たって困るということもないしな」

浅はかだった、と気がつくのにそれから十日もかからなかった。歌を盗まれた二人の心と体は、いつもとは何かが違っている。何をしても、気持ちが晴れない。何も背負っていないのに背中につねに何かを担いでいるような重みや、うっすらとだが、喉のどことは言えない場所に、粗いざらつきを覚えるようになる。呼吸をしていても、スムーズに空気が肺に届かないばかりか、どこからともなく漏れていくような、すーすーした気分がまとわりついて離れない。

「この気だるさは、歌が盗まれちゃったせいかしら」

妻が夕食時にぼそりと呟《つぶや》く。男は、どうかな、と呟きながら肉を切った。マスタードを塗って、小さな塊《かたまり》を口に放り込む。味気ない。肉を噛みながらも、肉の味がせず、飲み込むとき咽喉《のど》の奥に異物感を覚える。

「テレビを点けないか？　歌番組でも見ようや」

妻がリモコンを操作するが、どこのチャンネルも歌番組を放送していない。代わりに、暗いニュースばかりが画面いっぱい溢れている。テロ現場や被災地の映像には必ずといっていいほどに泣き叫ぶ人々の顔が。男は気分が悪くなり、テレビを消した。

「歌を盗まれる人が増えたせいで、歌番組が成立しないって。ネットで見た」

「ネットか」

男は自分が使った分の食器を台所に運びながら、歌の無い世界のことを想像してみる。

台所の窓際で煙草をふかしながら、外の景色を眺めた。隣接する高層建築物が見える。青白い光りが灯る家々の窓辺で人々が同じような恰好、――脱力し、うつむき加減に佇み、食後の一服をとっている。

「ねえ、久々にカラオケにでも行ってみる?」

妻が男に提案する。

「あそこなら、盗まれた歌を取り戻すことが出来るんじゃない? 歌詞のテロップも出るし、ガイドのメロディも流れるから、歌えないということはないわ」

二人はコートを羽織って、足早に駅前を目指した。

「カラオケなんて何年ぶりかしら」

男は、普段無愛想な妻が、心なしか気持ちを弾ませているのを見逃さない。口許には柔らかい笑みを溜めている。昔はよく行ったよな、と男は素早くフォローし、気を遣う。

「あなたは外国のフォークソングを得意としていた。わたしは流行歌ばかり。あの頃は週に一度は歌いに行っていたものね」

あの頃というのがいつのことを指すのか、男は思い出せない。歩きながら、あの頃、を探した。

「でも、いつからか歌わなくなっちゃって、最近はすっかり御無沙汰。そしたら歌を盗まれちゃったのよ」

駅前の鄙《ひな》びたカラオケ屋の入り口には紙切れが貼ってある。

「なんだよ、閉店だってさ」

男は憤慨し、文句をぶつけるが、どうすることも出来ない。木枯らしが吹き抜けていく路地で二人は目的を失って立ち尽くした。折角ここまで出てきたのに、と妻は吐き捨て、男はと言えば、首を振りながら煙草を取り出し、仕方なく一服。

二人は近くのスナックに入り、暖をとることにした。冷えた体を落ちつかせるために温めたワインを注文する。

「最後に歌ったの、いつのことか覚えている？」

寒さと落胆のせいで、一杯目の酒を呑み干すまで、男は口を開くことが出来なかった。

妻は力なくかぶりを振り、あなたは？　と返した。

「いいや、全然思い出せない。どんな歌を歌っていたのかさえも、今となっては」

若いのに白髪の目立つマスターが、グラスを磨きながら、

「お客さん、歌どろぼうが横行しているんですってね」

と割り込んできた。

「わたしたちも盗まれてしまいました」

男が応じると、お気の毒に、とマスターは同情した。

「でも、何のために歌なんか盗むのだろう」

男が、その憤りをどこにぶつけていいのか分からないという風にマスターに向かって告げる。マスターは、意味なんかないのでしょ、面白いから盗むんでしょ、と返した。

男は肩を竦《すく》め、理解に苦しむ、と吐き捨てる。店内には音楽が流れていなかった。壁際の席を陣取る老人たちの声が、音楽に代わってぼそぼそ店内で響いている。

マスターは男と妻の顔を交互に見比べながら、どんなに用心しても防ぎようのないものってありますよね、と慰めるような口調で付け足した。本当に防ぎようはなかったのかな、と意味ありげな台詞《せりふ》を妻が呟き、グラスの中のアルコールを見つめた。

「油断したんだわ。きっとどこかで」

油断ね、とマスターが言葉をなぞった丁度その時、背後で、ぎい、と戸が鳴きながら開き、同時に木枯らしが吹き込んだ。三人は戸口へ視線を向ける。マントのような黒い、あつぼったい服を着て、同系色の防寒帽を被り、片手にギターを持った初老の男性が立っている。すぐに流しだと分かったが、男も妻もその異様な姿に圧倒され、言葉を失ったまま身動き一つできずにいる。

素早く戸を閉めると流しは、ギターをカウンターに立てかけてから、上着と深々とかぶっていたフェルトの帽子をとった。頭髪の薄い、やせ細った身体が中から現れ、目を弧の形に撓《たわ》ませ微笑む。

「一曲、いかがでしょう？」

男と妻に代わり、マスターが、

「グッドタイミング！　この人たちは、歌どろぼうの被害にあわれた方たちだ」

と言った。

「おや、それはそれは。では、何かわたくしめが、皆様に代わって歌ってさしあげましょうか？」

男には、まるで盗人が盗品を被害者に高く売り戻そうとしている、ように感じられてならない。人の不幸をこの人は弄《もてあそ》んでいる。男は、結構、と拒絶したが、妻は、お願いします、と頭を下げてしまった。

流しはかじかんだ手を息で温めながら、どのような歌がご希望ですかな、と妻に向か

ってさっそく切り出した。妻は神妙な顔つきで、

「そもそも、すっかり盗まれてしまったせいで、どんな歌があったか、思い出せないのです」

と返した。

「さわりさえも思い出せませんか？」

薄れゆく印象なり、残音なり、当時の仄《ほの》かな気分なり、かつての高揚感なり、まだなんらか残っているかもしれない記憶を探すため、妻は蜃気楼を眺める風に、目を細めた。

「そうだわ、たしか、イントロが切なくて、サビの部分で男女がハモッて、最後はリフレインだったように思うけど」

流しは申し訳なさそうに眉根を緩め、口許には柔らかい笑みを浮かべてみせた後、

「そういう歌はごまんとありますからね」

と呟く。妻はやや前屈みになり、そうだ、わたしが大学生の頃に流行《はや》った歌だったわ、と顔を綻《ほころ》ばせて伝えると、流しは妻の年齢から推測し、ギターを爪弾きおもむろに歌いだした。ガットギターの柔らかい音色とビブラートのかかった太くて逞《たくま》しい声音が店内に響きはじめ、男と妻は、そのあまりに生々しい音に魅了され、たまらず身を乗り出し

てしまう。

歌を盗まれた者に他人の歌声は新鮮に響く。向こう見ずな若者と対峙《たいじ》した時に似ている。その若々しさと無邪気さに心を奪われながらも、同時にその眩しさに嫉妬《しっと》する感じ。音楽は溢れているというのに、自分だけがその歌を思い出すことができない歯がゆさ。ものは溢れているというのに、自分だけが何を探しているのか分からずにいる虚しさ。

「似ているけど、違う。素敵な曲だけど、多分、その歌ではないわ」

妻は失った歌の特徴を説明しようとするが、ごまんとある似たような歌の中から、その一曲を見つけ出すことは至難の業。流しは、思いつくかぎりの流行歌を口ずさんでみせるが、妻の瞳に光りが宿ることは無かった。持ち唄が千曲あることが自慢のこの流しも、さすがにお手上げとなった。

「流行歌はどれも似ている。もっと具体的な何か、たとえば歌詞の一節とか、タイトルとか、メロディの一部分だとか、がないと、砂漠の中から砂粒を一つ捜し出すようなものだ」

マスターが意見を述べると、男は椅子に背を凭《もた》せかけて、息を吐き出した。流しは落胆する妻に向かって、何か適当に歌ってみるのはどうですか、と持ちかける。何を、と妻が返すと、男はギターを再び爪弾きはじめ、誰もが知っている曲です、と付け加えた。

「わたしが一緒に歌います。忘れていたとしても、なんとなく口ずさんでいれば、そのうち思い出すかもしれない。歌を盗まれたと言っても、記憶はあるわけでしょ。それを頼りに歌うのです」

流しが歌いだすと、店の奥にいた老人たちから拍手が起こり、中には口ずさむものも出た。しかし、男と妻は歌うことが出来ない。どんなにしても思い出せないのである。

歌どろぼうの被害が増えている。都会で暮らす人々の心には、どろぼうにとって忍び込むに丁度いい隙間があり、防ぎようが無い。歌の盗難は一向に減る様子が無く、被害者は首都を中心に数十万人に達している。

男はテレビニュースを見ながら、自分がその被害者の一人であることに、奇妙な違和感を覚えてならない。詐欺にあった人々の話題というのは、男にとってつねに他人事《ひとごと》でしかなかった。いざ自分が被害者になると、途端、世界というものは違って見えてくる。被害者にならなければ分からない苦悩というものは、テレビ画面や新聞紙面からは伝わってこない。そんなものか、と男はカウチに寝ころがって、吐き捨てる。

「歌どろぼうはどうしてわたしたちを狙ったのだと思う？」

食堂の方で蜜柑を食べながら、妻が男に声を投げつけた。

「年寄りばかりを狙った詐欺が流行ったじゃない？　あれは独り暮らしの老人が狙われたわけだけど。わたしたちは何で歌どろぼうに狙われたのかしら」

くだらない、と男は受け流した。でも、夜も更《ふ》け、男が寝る準備に追われている頃、妻に投げかけられた疑問は、男の心の中で大きく膨らみ、まるで巨大な壁のように聳えてしまう。男はベッドを抜け出し、廊下を挟んだ客間で寝ている妻を起こす。

「ノックした？」

「いいや」

「ノックしてね」

ああ、と男は呟き、頭を掻いた。

「何？」

暗い部屋の中から妻の声がする。姿は見えないのに声だけが聞こえるというのは奇妙である。どうしたの、こんな深夜になんか用？

「あのね、ふと思いついたんだけどさ、ぼくたち盗まれたのは歌だけかな？」

自分が発した声の弱々しさに情けなくなりながらも、男はじっと妻の返事を待った。まもなく押し殺すような妻の嘆息が聞こえてくる。しかも、うんざり、という感じで。

「何時?」

「知らない」

「明日じゃダメ?」

男は戸を閉めて自分の部屋に戻った。そして布団の中にもぐり込み、広いベッドの中で両手を広げ、何かを探すように冷たいシーツをまさぐった瞬間、盗まれたのは歌だけではない、ということに気がついてしまう。

会社が早く終わる時などを利用して、男は週に数回、愛人の家に立ち寄る。数年前、仕事の関係で知り合い、肉体関係を持ったが、愛人は男よりも一回り年上で、子供を育てた経験もあり、不思議な安らぎに溢れている。事情があって、子供は別れた亭主に引き取られた。

女には隙がなく、いまだ現役の匂いに包まれ、凛々《りり》しい美しさを持つ。男は、愛人が外で男勝りにテキパキと仕事をこなす姿に憧れを抱きつつも、その同じ女が夜には自分の腕の中ですっかり寛《くつろ》ぎ甘える姿に愉悦を覚えた。

男はしばしば仕事関係の書類を愛人の家に持ち込み、そこで残業をする。遅くまで計算機を動かしていても、小言を言われることもない。共通の仕事が、二人の話題を支えているからだ。男は女に様々な情報、――日々の為替の変化や時代の動向、あるいは購買層の傾向などを届け、逆に愛人は男に諸問題の解決方法を教える。愛人は男の取引先に勤める同業者であり、その道の大先輩であり、男の仕事上の不満を理解することが出来る唯一の存在だ。同時に、この年上の愛人は願ってもない人生の避難場所でもあった。

「わたしのことで苦しむことはないわ。わたしはあなたを独占しようと思わない。わたしを必要だと思ってくれるかぎり、わたしはあなたの傍にいられるし、あなたもわたしを利用すればいいのよ」

彼女が作った食事を食べて、抱き合った後はベッドの中で時間まで裸で過ごす。そのうち女は寝てしまい、男はこっそりベッドを抜け出して服を着、家路につくのが習慣だ。部屋を出るとき、一瞬女の寝顔を振り返るが、いつも満足そうな笑みを静かに浮かべて寝ている。強い人だな、と男は思う。またね、とか、さよなら、などの別れの言葉を自分から口にしたことがない。本当は起きているのに、わざと寝たふりをしているのかもしれない。男は愛人のマンションの非常階段を下りながら、寝たふりをやめてむっくりと起き上がる愛人の、うつろで寂しげな顔を想像する。男の帰宅後、黙々と部屋を片づける年上の女の姿は、見たこともないのに、思い出すことのできる絵だ。きびきび仕事に向かうのと、どっちが本当の姿だろう、と時々考えてしまう。

「この年で、この体型を維持するのは大変なことなのよ」

愛人は時々、男の上にまたがって、こんなことを口走る。そういうことを躊躇《ためら》いもなく言ってのける天真な姿に、男は惹かれた。愛らしさとは、いじらしさの別名かもしれない、と男は考え、それが妻には無いことを心の内で嘆く。

鼻唄がほとんどだが、機嫌のいい時、愛人はよく歌う。大概はベッドの中で、抱き合った後なんかに。若い頃は歌手になりたかった、ともらしたことがあった。

「奥さんとは最近どうなの?」

抱擁の後、ベッドの上で愛人は鼻唄を歌っていたが、ふと止めたかと思うと、おもむろに起き上がり、何かを思い出したかのように、どことは言えない場所を見つめたまま、多少芝居がかった声で、告げた。男は普段決して愛人が口にすることのない、奥さん、という響きにうろたえながらも、それが耳奥で不意に大きく膨らむのをなぞりつつ、愛

人から視線を逸《そ》らし気味に、

「別に、とくに変わったことはないよ」

と当たり障《さわ》りの無い返事を戻す。

二人きりの時はため口を利いているが、外では敬語を使っている。だからか、いつも敬語からため口に切り換える瞬間、ちょっとした違和感を覚える。舌先というのか、咽《の》喉《ど》全体に数分、慣れるまでの間、ローギアのまま運転をしているような鈍い感覚がつきまとい、ぎこちない。

「そういえば最近、二人揃って歌どろぼうの被害にあった」

愛人は男の顔を覗き込んで、流行りのあれね、と確認した。

「とくに生活に支障はないけど、気分を変えたい時なんかには困るな」

でも、なんで、歌なんか盗むのかしらねえ、と女は笑いながら言った。心配しているようなそぶりはない。被害者が社会生活に支障をきたしたり、死んだというような報告はまだない。そのせいでか誰も深刻にとらえないのである。

「盗まれた気分はどう？」

「そりゃ、よくはないさ。目に見えない何かを知らないうちに持っていかれたような。

だってね、盗まれたのか盗まれてないのかさえもはっきりとしない盗難なんだもの」

「釈然としないわね」

「ああ、ただ、生活がちょっと変化したよ。歌がないということで、前よりもちょっと閉塞《へいそく》的な感じがする」

　愛人は意味ありげな眼差しで男の顔を覗き込み、

「じゃあ、前はよく歌っていたのね」

と質問をした。男は、そうじゃないけど、と戻す。

「奥さんとカラオケとか行かないの？」

　男は思わず視線を逸らしてしまい、同時に、動揺を見抜かれたかな、と慌てる。

「前は行ってたけど、最近はとくに」

「じゃあ、別に盗まれたって構わなかったんじゃないの。わたしは歌好きだから、盗まれたら大ごとだけど」

　真剣に、たとえば命懸けで歌を歌ったことなんかあっただろうか、と男は人生を振り返る。大学生の頃、仲間たちと宴会の席などで大声で歌った。でも、その後、社会人になってからは、胸をはって、人前で歌ったことは無い。妻と付き合いはじめた頃に、カラオケに出掛けて歌ったくらいだ。それも自分よりも圧倒的に妻の方がマイクを握っている時間が長かった。男の声は音楽の中に埋もれ、いつもガイドのメロディよりも小さく、しかもキーがあわず裏声のことが多かった。

「でも、無意識には何か歌っていたはずなんだ。だから、歌が盗まれたことに気がついたわけだしさ」

「なるほど、日常生活の中になんらか歌はあったわけね」

「多分」

まあ、歌ってそういうものよね、と愛人は断言した。そういうものなんだ、と男は口《こう》腔《こう》で呟いてみる。

その後、二人は抱き合った。抱き合いながら男は、妻との間にこういう欲望の運動がめっきり無くなってしまっていることを思い出す。どのくらい無いのかさえも思い出せないほど、それはもはや遠い日の思い出である。

愛人とのセックスは努力というものを必要としない。いつも愛人の方が率先して男をリードするから。でも妻とのセックスはそうはいかない。雄《おす》でありつづけなければならないし、へまは許されないのだ。妻を感じさせることができなければ、男として失格した気分になり、終わった後に気まずい沈黙が起きる。相手の不満が伝わってくるだけに男は惨めになる。だからか、いつのころからか妻を抱くのが億劫《おっくう》になって、触らなくなった。楽に愛し合えていた時もあったのに、と男は回想するが、一度抱かなくなると、なかなかきっかけというものが掴めない。不健康な関係を打開しようと自分を戒めた夜、半ば強引に、妻の体に触れてみたりもしたが、抱き方を思い出せないで右往左往している男を余所に、妻は僅かに目を潤ませ、気持ちいい、と訴えた。滅多に表情を変えない人が、その仮面を自ら剝いで、内側に隠していた欲望をさらけ出したことに男はうろたえた。妻がずっと待ち受けていたことを知り、不意に恐ろしくもなった。そのそぶりさえ見せず、妻は男とずっと一緒に日々を過ごしていたことになる。なんとも残酷なことだ、と男は自責の念に捕らえられ、気持ちが沈みこむ。

下半身を奮い立たせ、妻の中に分け入る自信が起きない。そればかりか恐怖心がどこからともなく滲《し》み出してきて、うまくいかなければどうなるのだろう、と考えてしまう。愛人だったら、調子が悪い、と駄々をこね、ベッドに仰向けになれば、それで済む。

「いいわ」

と妻は繰り返す。

こういう時、ペニスというのは不思議な勃起の仕方をする。そそり立つのではなくて、ぎゅっと萎縮立ちをする。真冬の廊下に立たされた児童のように、首は縮こまり背中は丸まり、精気はない。気持ちいいのよりも、痛みの方が勝り、疲労感だけが積もっていく。

「何を考えているの?」

愛人が上の空の男に向かって、問いただす。男は、別に、と呟き顔を背《そむ》ける。

「わたしと抱き合っている時に、他の人のことを考えるのはダメよ」

「なんで分かるの?」

愛人は男のペニスをぎゅっと掴み、ここにも心があるからよ、と言った。

日曜日、妻が男に向かって、コンサートに出掛けよう、と言いだした。昼食後の、一番気分がぐぐもりがちな時間帯に。間が持たずにおろおろしていた男にとって、その誘いはむしろちょっとした救いだった。

二駅先にある少し大きな街の劇場でオペラが上演されることになっていた。オペラか、と男は心の中で呟く。妻は表情も無く、男の返事を待っている。そういえば、最近この人の笑顔を見たことがない、と男は気がつく。歌どろぼうは妻から微笑みまで奪ってしまったようだ。

「よし、行こう。じゃあ、ついでに食事とか買い物とかもしよう」

男が提案すると妻は小さく頷いた。

光りが溢れているのに、街は氷点下。分厚いコートを着込み、首はマフラーでぐるぐるまきにして、出掛けた。ポケットに手を入れているせいで、二人は手をつなぐこともなかった。路面が凍っている場所で、時々男は妻を支えなければならなかった。それでも、そうしたのは坂道だけ。人通りが多くなると、二人は自然に離れて歩くことになる。

いっそ、別れた方がいいのかな、と男は妻の背中を見つめながら思う。別れて愛人と一緒になるというのはどうだろう。そうすれば歌を取り戻すことが出来るかもしれない。信号が変わり、男は立ち止まった。妻はその前に渡り切っていた。振り返った妻が手を広げ、ここで待つのは嫌よ、とでも言いたげなアクションをした。

光りの中に佇む妻の顔が愛人のそれと重なる。いいや、愛人と再婚したとしても、妻の場所に愛人が来るだけで、なんら事態の変化は望めないだろう。結婚そのものが自分には向かないのである。だから歌なんてものを盗まれてしまうのだ。

　信号が変わる前に妻は歩きだし、男は信号が変わる前に横断歩道を渡らなければならなかった。

　それでも劇場に到着すると、少しは気分が変わった。久しぶりに本物の歌と出会える、と思うだけで、気分が高揚した。席に並んで腰掛け、学生カップルのように幕が開くのを心待ちしている自分たちに、うきうきした。

　ところが序曲が終わり、分厚い幕が開いたというのに、広々とした舞台に歌手の姿は無かった。数分が過ぎ、会場がざわめき、拍手なのかブーイングなのか分からない状態が興《おこ》り、ようやく関係者が現れて、歌手が歌どろぼうの被害にあい、突然歌えなくなったことを恐縮を込めて伝えた。観客はアナウンスと同時にため息を漏らし、それは地響きのように広がって、会場は瞬く間に失望感で埋めつくされた。楽しみにしていたのに、と男の隣で妻がこぼす。

「でも、歌どろぼうの仕業なんだ、しょうがない。諦めよう」

「そうかしら、プロの歌手なんだからさ、風邪に気をつけなければならないのと一緒で、わたしたちが盗まれるのとは訳が違うでしょ。失格よ」

　チケットの払い戻し方法が早速アナウンスされ、人々は三々五々会場を後にしはじめる。妻はずっと、舞台の上、歌手が立って朗々と歌ったに違いないその一点を睨み付けながら、何かぶつぶつと呟きはじめた。男は妻の手を優しく握りしめ、行こう、と誘った。すると妻がはっきりとした声で、

「わたしはあなたの子供がほしかったのよ」

と返した。

劇場からどんどん人がいなくなっていく。でも妻は正面を見据えたまま、

「いいえ、あなたの子供が今でもほしいの」

と怒るような顔つきで繰り返した。広々とした舞台。そこに立って、お腹の底から声を出したなら、どんなに気持ちがいいだろう、と男は想像してみる。二人は誰もいなくなった劇場に残り、スタッフが慌ただしく舞台上を走り回る光景を見守った。

男は会社でコンピューターを操っている。顧客名簿を睨みながら、あいつは子供がほしかったんだ、と心の中で呟いた。ずっと子供なんかほしくない、と言っていた。だから男もそういうものだろう、と思い込んでいた。

「年齢的にはそろそろ産まないと、難しくなる」

誰もいなくなった劇場で、最後に妻はそう残した。

男は社内食堂で昼食を食べる。壁にくくり付けられたテレビで昼のニュースがはじまる。お馴染みになった自爆テロの現場映像に続いて、地震の被災地の映像が、さらに、歌どろぼうの被害が全国で増えつづけているというニュースへ。コメンテーターが登場し、歌どろぼう被害の拡大と今後の対策について図を使って説明した。男はパンを握りしめたまま食い入るように画面を見つめた。

向かいに座っていた同僚が、俺もとうとう盗まれた、と打ち明けた。こういうとき、どう反応していいものか戸惑う。慰めあうべきか、はぐらかすべきか、男には分からない。取り敢えず、俺もだ、と告げ、パンを齧《かじ》った。

ホームで電車が来るのを待っていると、同僚が隣に立った。明るい話題が少ないよな、と正面を見つめながら切り出してきた。とくに親しいという間柄ではないが、入社が同期で、幾つかのプロジェクトで一緒に働いたこともあり、会社の中ではよく話を交わす方であった。でも、いまだかつて一度もプライベートの問題を口にしあったことは無かった。

「歌を取り戻したい、という人々の集まりがあるんだけど、興味ある？」

同僚が持ちかけてくる。男は迷い、

「どういうの?」

と聞き返した。

「説明は難しい。これから行くんだけど、一緒にどう?」

電車がホームに入ってきたので、男は断るタイミングを逸し、同僚についていくことになる。歓楽街でもオフィス街でも住宅街でもない、特徴の無い駅で下り、雑居ビルの間をどこまでも歩いていくと、大きな幹線道路にぶつかる場所に小さな公園があり、高木の袂に人々が集まっていた。中にはジャージ姿の老人もいるし、まだ新婚ホヤホヤらしい若い夫婦などもいる。人々の年齢や性別や職業はばらばらで、着ているものや雰囲気や面持ちも様々。木箱に立った初老の男性が福々しい笑顔で、腹の底から声を張り上げ、みなさんは恐れる必要なんかないのです、と言った。

男が引き返そうとすると同僚が男の腕を摑んで、もう少し辛抱して、と言った。

「俺はこういうの苦手なんだ」

「でも歌は必ず蘇る」

「毛髪みたいに言うな」

仕方なく男は人々の最後尾に立ち、初老の男の話に耳を傾けることに。

「詐欺の場合、盗まれたお金は大抵は戻ってきません。同じように盗まれた歌が戻ってきたという報告もありません。では、被害者は泣き寝入りをすればいいのでしょうか。わたしは違うと思う。新しい歌を見つけて、それを口ずさまなければならない。泣き寝入りが一番よくないことです。それは人生を疎《おろそ》かにすることと一緒です。みなさんの人生にはまだまだ時間があります。ですから、あなたがたはいますぐに、新しい歌を探す旅に出る必要がある。わたしはまずそのことを今日もみなさんに伝えることからはじめたいのです」

このような説教が続き、男は木箱から飛び下りると、自ら開発したという歌再生の体操を踊りはじめた。人々は散らばり、彼の動きに合わせて手や足を動かしはじめたが、太極拳とさほど変わらない動きに、男は失望する。隣で同僚も真剣に体操をしている。他人の意見なんかに耳を貸さない頑固な人間だと思っていたが、まるでマリオネットのように従順に手足を伸ばしたり広げたり振り回したりしている様子を見て、男は裏切られたような気分を味わった。

——こんなんで歌が戻ってくるわけないじゃないか。

男だけがぽつんとそこに取り残され、高木を見上げていた。都会の明るい夜空に、光りの幕を被った巨大な木が一本、力強く聳《そび》えていることに男は救いを感じた。どんな環境であろうと、育つものはある。

――確かに。新しい歌か、一理あるな。

街灯の光りを受けて輝く高木の輪郭を視線でなぞりながら、男はそのような感想を持った。

まっすぐ家に帰る気になれず、かといって愛人宅に出向く気にもなれなくて、カラオケに行けなかった日に妻と飛び込んだ駅前のスナックに立ち寄った。いい具合に色褪せた真鍮製カウンターの内側でマスターが一人、グラスを磨きながら立っている。

降りだした雪をうっすらと受けとめたコートを脱ぎ、赤々と燃えるストーブの傍にあるコート掛けに吊るし、それからカウンターの一番端の席に腰を落ちつけた。

「お客さま、確か、二度目でいらっしゃいますね、前に奥様と一緒にいらした」

マスターが慇懃《いんぎん》に告げた。男は小さく会釈をして、ビールをください、と言った。出されたビールに口を付け、半分ほどを一気に呑んだ。

「まだ歌は盗まれたままなのですか？」

柔らかい声音でマスターは男に向かって訊ねる。ええ、と男は諾《うべな》った。

「あれはもう戻ってこないと思われた方がいい」

黙々とグラスを磨くマスターへ視線をやる。

「わたしもね、実は、十年ほど前に歌を盗まれたまんまなんですよ」

「十年も前にですか？」

マスターはすっかり磨き上がり光り輝くグラスを見つめながら頷いた。

「まだ歌どろぼうなんてものの存在が今ほどはっきりとしていなかった頃のことでしてね、だから歌が歌えないことに、今以上の不安を覚えたものです。何かすごい病に罹《かか》ったのではないかって、真剣に悩みましたよ。歌うのは好きでしたからね、わたしの場合は深刻でした」

そうなんだ、と男は頷いてみせた。

「振り返ると、歌を盗まれる要因がわたしにはあった」

男は、それはどのようなもので、と聞き返した。

「歌どろぼうはね、どうも盗みやすい人間から歌を盗むんですね。で、盗みやすい人間というのは、そういう雰囲気を持っている。盗まれやすい恰好とか性格とか雰囲気なんてものを。不用心というのかな、つまり、隙があるんですよ。というか、放棄しているんだな、生きるということを。だから、彼らにしてみれば盗みやすいんだ。とくに、おざなりにされている歌なんてものが一番盗みやすいみたいでね、当初は、おざなりに歌う奴ばかりが狙われたものです。わたしなんかまさにその代表でした。昔はレコード歌手を目指してがんばっていたこともあったのですが、そのうち、歌うことよりも、レコードを出すことの方が大事になっちゃって、好きな歌を歌っているだけじゃ、レコードは出せないことが分かると、苦手なジャンルのどうでもいい流行歌を歌うようになって、ですから歌に愛着も持てないまま、器用でしたから、そのうち歌を歌うことが小銭を稼ぐための手っとり早い方法になっていっちゃって。なんでも、歌手の人、とくに理想も持たず適当に歌っている人が盗まれやすいという統計があるらしい。でも世界的なカラオケブームが起きて、人々も歌に目覚め、みんな仕事帰りなんかやパーティの席上で、歌手顔負けで歌うようになった。それまでは一部の歌手だけの間で流行っていた歌の盗難が、一気に世界規模で広がってしまったんです。歌どろぼうなんて可愛らしい呼び方もそもそもいけません。盗人から罪の意識を奪い取り、歌を盗むことを流行りにさせてしまった。でも、実際はね、昔からあったんですよ」

男は残りのビールを呑み干した。マスターは新しいビールを取り出し、空になった男のジョッキにそれをなみなみと注ぐ。こぼれそうな泡が縁ぎりぎりのところで止まり、弧を描いた。

「ビールでよかったですよね」

「構いません」

男は泡をすばやくすすって、それから背筋を伸ばしマスターの次の一言を待った。

「わたしには長年連れ添った女房がおりました。でも、歌が盗まれる数年前から離婚の危機が訪れてましてね、夫婦仲は冷めきっていたんです。なんていうのかな、何をやってもうまくいかなくて、いつもすれ違いで、わたしはレコード歌手を目指していたから、歌ってばかり。でもあの人は歌よりも家庭を大事にしてほしかったのでしょうね。子供が二人いましたけど、その子たちがある程度育ってしまうと、不意にわたしどもの間で共通の話題というものが無くなってしまったのです」

男は仕組まれているような話の展開に警戒しながら、ビールに口をつけた。このままこのマスターの話を聞き続けるべきか、それとも体《てい》よく店を飛び出すのか、判断がつかないまま。

するると背後で戸が開き、木枯らしが店内に吹き込んできた。マスターが磨いていたグラスをカウンターに置き、男の方を一瞥した。男はゆっくりと戸口を振り返る。そこに男の妻がいた。

まあ、と妻は一言呟いただけだった。ゆっくりとコートを脱いで、男のコートの横に掛け、それからカウンターの、でも、男とは反対側の一番端に腰を下ろした。丁度真ん中にマスターがいる恰好となり、どこを見ていいのか分からず店の主人は仕方なく、どことは言えない空間に視線で輪を描いていた。

「ちょっと一杯呑みたくなってね」

と男は言い訳するように言った。妻は、わたしもよ、と素っ気なく囀《さえず》った。

「でも、待ち合わせたわけでもないのに、奇遇ですよね。やっぱり夫婦だから呼び合うのですかね」

とマスターが取り持った。妻は嘆息をこぼし、男は息を殺した。

「そんな離れたところで呑まないで、こっちに来ればいいじゃない」

男が間が持たなくなって言うと、妻は、あなたこそ、と戻した。仕方がないので男はジョッキを持って立ち上がり、妻の隣の席まで移動する。妻は古びた映画のポスターが貼られたモルタルの壁に肩を押し当てて、乳白色の酒を呑んでいた。

「ここに来たのは、あれ以来はじめてなんだよね」

男が言うと、わたしもよ、と妻が素っ気なく応じた。

「ということはマスターの言うとおり、すごく気が合うってことじゃない？」

そうかしら、と妻ははぐらかす。

唇を尖らせる妻の横顔を覗き込みながら、事態が膠着《こうちゃく》していることに焦りを覚えた。

男は少し強い酒を呑んで早々《はやばや》と酔うことにする。ジンをロックで注文すると、妻がいきなり、知っているんだから、と呟いた。

「何を？」

反射的に男は聞き返した。聞こえないふりをすべきだったかな、と思ったが遅かった。

妻は鼻を啜《すす》ってから、他に好きな人がいるんでしょ、とはっきりと口にした。顔色を変えないようにするのに随分と苦労をした。なんだよ、いきなり、と返すのが精一杯。マスターは聞かないふりをしている。

「いる、と言ったら、どうするつもりだよ」

「ひらきなおるのね」

「そうじゃないけど、聞いてみただけだ」

「嘘だね、いるんでしょ？」

「だから、いるって言ったらどうすんの？」

妻は黙った。こうなったら開き直るしかなかった。首を回し、呆れたという顔を演技してみせ、それから嘆息をわざとらしくついてみた。何よ、相変わらず卑怯《ひきよう》な人ね、と妻が今度は挑発してきた。卑怯で、ケチで、男らしくない人ね。

「どこがケチで男らしくないんだよ」

妻は正面をじっと見据えたまま、

「大津波の時だって、あなたはあんなにテレビの前で泣いていたくせに、結局、騒いだわりには一銭も寄付をしなかった。困った時は助け合いだ、とかなんとか言いながら、自分ではいつも何も行動を起こさない。わたしが寄付をしてきた、と言ったら、ありがとう、だって。それはわたしがした寄付よ。あなたのそのメッキの正義感にはもううんざり。世の中のために何か行動を起こさなければ、なんていつも偉そうに言ってるけど、いったいあなたは何をしたの？ ねえ、幾ら寄付をした？」

「したよ。道端で寄付を求められて」

と言った。

「小銭でしょ。札を寄付したことがある？」

金額の大小じゃない、と言ったが説得力を欠いた。

「あなたみたいな偽善者はこっそりと愛人を隠し持つタイプよ。面と向かって向き合えないものだからいつだって逃げ場所を持っている。臆病で小心者で情けない人よ」

久しぶりに頭に来たが、その怒りをぶつけ返すこともできず、結局酒で胃袋に流し込むことに。まあ、とマスターが絶妙のタイミングで割り込んだが、妻の勢いは収まらなかった。

「あなたはわたしと別れたい。でも、その中途半端な正義感が邪魔をして別れることができずにいるのね。それでずるずるとわたしたちは夫婦を続けている。年をとってから離婚されるよりも、いますぐ結論を出してほしい。わたしは子供がほしいの。あなたの子供がほしい。でもあなたがそれを望んでいないのなら、いますぐに別れてほしい。その決断力の無さで、わたしの人生を狂わせないでほしいのよ。言っている意味分かる？」

男はジンを呑み干した。

「帰ろう」

空のグラスをカウンターの上に置いて、男は立ち上がった。

「先に戻っていて、わたしはもう少しここで呑んでいきます」

男はマスターと目があう。マスターは優しい顔で、小さく肩をすくめてみせた。

その夜、妻は戻っては来なかった。スナックの電話番号を調べて電話を掛けたが、誰も出ない。窓の外は雪だった。音もなく、静かに降り続いている。きっと明日の朝は一面の銀世界というやつだ。窓外を眺めながら男は、くそ、と吐き捨てた。

明け方、妻の部屋に行き、彼女のベッドに上がった。そして枕を抱きしめて眠った。微かに妻の匂いがする。石鹼なのか、香水なのか分からない、甘く優しい香りが。

男は妻の実家に電話を入れたが、母親に小言を言われただけで手掛かりはなく、共通の友人や知人たちも、知らない、と素っ気なかった。みんな本当は居場所を知っているくせにわざと口裏をあわせて隠しているような口ぶりであった。

勝手にしろ、と男は吐き捨て、家を出た。どこかで呑むつもりだったが、気がつくと愛人宅の前にいた。普段は必ず電話を入れてから出掛けるのに、アポも取らずに行ったせいか、部屋には灯がついているというのに、愛人は戸を開けようとはしなかった。

「ぼくだよ。開けて」

男は戸口に顔を押しつけて呼んだ。人の気配があるのに出ないということは、誰か先客がいるのだろうか。男は開かない戸をじっと見つめて、肩を竦《すく》める。ちぇ、どいつもこいつも、と舌打ちをして踵《きびす》を返した時、背後で戸が開く音がした。

男は立ち止まり、振り返った。十センチほど開いた戸の隙間から愛人がぬっと顔を出した。男が微笑みかけようとすると、戸がさらに開かれ、愛人の陰から妻が出てきた。

そこで目が覚めた。男は妻のベッドで眠ってしまったのだった。全身に汗をかいている。くそ、やな夢だ。額の汗を拭ってから、ベッドを抜け出し、自分の部屋に戻って眠り直すことにした。

週末、妻から電話が入った。

「どこにいるの？」

「言えない」

鼓膜に触れる妻の声はまるで糸電話で話すような遠さを伴っている。どこまでも伸びた糸の先は、天国にまで達しているかのよう。いまどき、電話を遠くに感じる場所なんかがこの狭い地球上にあったことに男は驚きを覚える。

「あなたと別れようと思った」

なるほど、と男は冷静を装って答えた。

「その方が楽だから」

「どこにいるの?」

「静かな場所」

背後に波の音が聞こえる。電話機の液晶画面に先方の電話番号が着信表示されていた。見たこともない市外局番である。

「もう戻ってこないの?」

「もう少しして心の整理が完了したら、戻る」

「で、その時が最後ってわけだ」

うん、と女は頷いた。心が揺れているのが伝わってくる。まだ今なら間に合うのかもしれない。電話が切れた後、男は着信記録の番号を押した。妻が出たら何を言うべきか、悩んでいると、受付の女性が訛《なま》りのある素っ頓狂な声で、ホテルの名前を告げた。

雪は止んでいたが、街は雪にすっぽりと覆われていた。タクシーを拾い、まず愛人宅へと向かう。記録的な大雪のせいで、タクシーはチェーンを付けて走っている。雪のせいで動けなくなった車が坂の途中で団子状に連なって停車していた。闇の中にハザードの明滅するオレンジの光りが幾つも見えた。クリスマスの飾りつけのように美しい、と男は思った。運転手が横目で動かなくなった車を眺めながら、備えあれば患《うれ》えなし、と呟いた。ドライバーたちは車を放置し、白い息を吐き出しながら、黙々と、凍《い》てついた坂道を下っている。

愛人は心配そうな顔で男を出迎えた。

「どうしたの? 何かあったのね」

「何もないよ」

苛立ちながら告げる。靴を脱ぎ、部屋に上がり込み、どうしていいのか分からず、そのまま愛人に抱きついた。薄暗い部屋の片隅にテレビがあり、そこだけ煌々《こうこう》と灯がともっている。愛人は黙ったまま、動かない。男も何も言わない。じっと、愛人の温もりや呼吸音を感じていた。皮膚の弾力や骨の固さ、体臭や甘酸っぱい香水の香りなんかを。時間だけが過ぎた。永遠を感じるほどに長い時間である。

何か言えばこの人は絶対に許してくれる、と男は思った。だから、何も言ってはならないのだった。そう心に誓った時、

「わたしたち何も変わらないわよ」

と愛人が先に口火を切った。だってね、わたしたち変わる必要なんてないんだもの、と付け足した。

男が離島の最南端の街に到着したのは、昼の深い時間のことで、まっすぐに妻が宿泊している小さなホテルを目指したが、着いてみると外出中だった。散策しているのではないか、とコンシェルジュに言われ、白砂が敷きつめられた広大な海岸線を歩いてみることにした。

わずかに芯のある南風が海の方から陸地に向かって吹きつけてくる。波は高くないのに、海岸線が広いからか、防風林がないせいか、風の音がやたらと耳の内側でぐるぐると回ってうるさい。追い打ちをかけるように、放置されたパラソルが、バタバタ、パー

カッシブな乾いた音をたてている。波打ち際をゆっくりと歩きながら、男は妻の気持ちをなぞろうと試みる。どのような気持ちで彼女はここを散歩しているのだろう。

三十分くらい歩いたところで前方に人影が見えた。陸地と海の境界線上に妻は立ち、空と海の境目をじっと見つめている。男は一度、背後を振り返ったが、海岸線の遥か先に小さくホテルが見えるだけで、他には何もない。砂と海と空だけだ。

まもなく妻は気配を感じ、振り返る。二人の距離は徐々に縮まり、同時に男の心臓が強く脈打ちはじめる。どうしたいのか、男はこの期《ご》に及んでもまだ気持ちが整理できないでいる。妻の表情がはっきりと分かる距離で立ち止まってみた。傾いた太陽の光りが彼女の頬を染めている。不意に風が止み、視界が開けるように、ふっと耳が楽になった。

男は少し大きな声で、

「歌どろぼうが捕まったそうだ」

と投げかけてみた。妻は固い表情のまま歩きはじめ、男とすれ違う瞬間、

「わたしから歌を盗んだのはあなたです」

と残した。

男は痛手を受け、動けなくなった。振り返ることも進むこともできず、ただ波の打ち

寄せる音に身をゆだねるしかなかった。

男は同じホテルにもう一つ部屋をとることにした。コンシェルジュの男性が不審がり、奥様とご一緒のお部屋でなくてよろしいのですか、と確認を求めた。男は黙って頷き、苛立ちを隠して鍵を受け取る。

海辺のホテルのレストランで男は妻と向かい合った。粗末な照明器具のせいで、ライトアップなどというものからは程遠い、冴えない眺めだった。投光器が砂浜を見すぼらしく浮かび上がらせている。犬を連れた近くの住人が、その光りの中を長閑《のどか》に過《よぎ》っていった。

「こんなに穏やかな海なのに、安心は出来ないのよね」

妻が指す安全というものが何についての言及か男にも見当がついた。

「確実な安全なんて世界中どこにもない」

男はそっと息を吐き出してから、

「でも、そんなことを言ってたら、どこにも行くことはできない。運を天に任せるしかないよ」

「そんなことは分かっているわ。分かっているのにどうしようもないことが多すぎるって思っただけじゃない」

妻はスープに口を付けた。スプーンが食器にあたる、こんこん、という微かな音が響く。

「確かに、君から歌を盗んだのはぼくだと思う」

男は妻の顔を見つめて呟いた。反応は戻ってこない。こんこん、という音が波の音に合いの手を入れているだけだ。仕方がないので男も料理に口を付けた。味付けの薄い、淡白な食べ物である。ワインを呑みながら、それらを胃の中にしまっていく。

歌を失ってから何もかもが空虚に思えてならなかった。光りを見ても、夕日や青空の美しい色を見ても、何かが欠けて感じる。何を食べても美味しいと感じることが無くなった。最後に感動をしたのがいつのことか、思い出すのは容易なことではない。

食事が終わり、コーヒーが運ばれてくると、妻が、

「でも、多分、あなたから歌を盗んだのもわたしなのよ」

と言った。

「つまり、お互い盗みあったってことじゃない？」

「そうなのかな」

「そうよ。きっとそうだと思う」

男の斜め後ろで食事をしていた老齢のカップルが静かに席を立った。老人が老婆の腕を支える。二人は横目でその様子を見つめていた。老人も老婆も無愛想に口をぎゅっと結びあっている。作り笑いも余計な気配りもない。男の眉根が下がった。老婆が老人の手をひっぱる。老婆は置き忘れた肩掛けを指さした。老人がそれを掴み、黙って老婆の肩に掛ける。

「ねえ、棒倒しって知っている?」

目で老人たちを見送りながら妻が言いだした。男は、

「何、棒倒し?」

と聞き返す。

「砂の山を作ってさ、頂上に棒を立てて、周囲から少しずつ砂をとっていく遊び。倒しちゃった方が負けってやつ」

男は頷いた。

「それで決着を付けましょうよ」

コーヒーを飲んだ後、二人は夜の浜辺に出て、投光器が照らす波打ち際に砂山を拵《こしら》えはじめる。波がすぐ近くまで打ち寄せていたが、ぎりぎり砂山には達しなかった。妻の背後に闇が広がっている。そこだけがぽっかり光りに照らしだされているのだ。決着をつける場所としては申し分ない設定に思え、男はこっそりと苦笑した。

目を凝らして、遠くを見る。海の、水平線の辺りに、漁火《いさりび》のような明かりが見えた。黄泉《よみ》へ渡ろうとしている霊魂のように、それは朧げに霞んでいる。

「手伝ってくれる?」

妻の声が男を連れ戻した。

相変わらず無愛想な顔で妻は砂をかき集めている。男は、馬鹿らしい、と思いながらも付き合った。ホテルの従業員がガラス壁の向こうから様子を見ている。男は時々顔をあげて、そのシルエットを盗み見ながら、慣れない体勢で砂を集めた。

まもなく小高い砂山が出来、流木がその頂上に立てられると、妻は袖で汗を拭って満足そうに、いい感じじゃない、と感想をもらした。二人はジャンケンで順番を決めた。直径一メートルほどの山を挟んで向かい合い、砂を交互に掻きはじめた。妻は見たこともない形相でむきになって砂を掻いていた。山の袂を抉《えぐ》るようにして、砂を自分の方に力強く引き寄せていく。妻が砂を掬《すく》う度に、砂山が微妙に形を変えた。

最初は大胆に砂を掬っていた男の手が途中から神経質になった。じりじりと崩れはじめる山肌を警戒しながら、手を微妙に動かし砂を掬い集めなければならなかった。

「もう倒れそうだ」

男は思わず手を止め、息も止めた。

「ずるい。ほとんど砂を掬ってないじゃないよ」

砂山から遠ざかるように、ゆっくり用心に用心を重ねて手を引き寄せる。

「だって、沢山取ると倒れちゃうもの」

「意気地なしね」

妻は挑発するように大きく砂を掻き集めた。一瞬、棒が倒れそうになったが、斜めに傾きながらも持ちこたえた。砂山が中腹から地滑りを起こしている。投光器の光りに照らしだされ、滑り落ちる砂粒がきらきらと輝いた。それらが中腹で止まるのを待ってから、

「くそ、負けるものか」

と男は言った。手を大きく開いて、砂を掬いはじめる。指先に砂が溜まり、それは引

き寄せるに従って掌の内側で膨らんでいった。最後のところで手が震え、ついに棒が倒れてしまうと、男は思わず、ああ、と大声を張り上げてしまった。

「あなたの負けだ」

「なんだよ」

倒れた棒をじっと見下ろしたまま、二人は黙りあった。妻は無愛想なまんまだった。男は真っ暗な海へと視線を逸らしたが、寄せる青白い波を見つめながら、珍しく、僅かに自分が興奮していることを知った。

「ねえ、もう一度最初からやり直す？」

妻の声がした。波の音と絡まるように。

「そうだね、そうしよう」

と男は静かに同意した。

顧客名簿の漏洩《ろうえい》が発覚したのはそれから一月ほど後のことで、管理者である男のセクションに警察の捜索が入り、マスコミでも取り上げられた。数千人にものぼる顧客名簿が流出しており、男の上司が降格となった。

上司は男を呼びつけ、お前のせいだ、と言った。明るい廊下で言われたので、ぴんと来なかったが、男は思うところがありその日のうちに辞表を書いた。辞表を提出した足で、愛人の家に行き、会社を辞めたことを告げた。

「あなたのせいじゃないでしょ」

と愛人は同情した。

「でも、誰かのせいなんですよ。誰かが責任を取る必要がある。ぼくはもう顧客名簿の管理にはうんざりしていたので、ちょうどいいんです」

「辞めてどうするの？」

男は、分かりません、と言った。

「何も考えないで辞めたのね」

確かなものなんてこの世界にはないでしょ、と男は言った。愛人は、そうかしら、と首を捻る。

「もう、自分に嘘をついて生きるのが嫌なんです」

「あら、自分に嘘をついて生きてきたの？」

「きっと、そうだと思う」

男は確かめるように愛人の目を睨み付ける。愛人が目を逸らしたように感じた。

「ぼくはあなたに顧客名簿の写しを渡したことがありますよね。随分と前のことだけど、あなたがぼくの会社の顧客の傾向を調べたい、と言った折に。あなたを信じて、数千人分の名簿を渡しました」

まあ、と女は驚きを顔に出した。

「それはすぐに返したじゃない？　今度はわたしを疑っているの？」

「いいえ、そうじゃありません。ぼくはあなたに救われたから、あなたに対しては感謝の気持ちしか持っていませんし、これからも持ちつづけるつもりでいます」

何故か出てくる言葉はすべて、不自然なほどに丁寧であった。

「それで自分一人が犠牲者になって、会社を辞めて一件落着するってわけね」

男は黙った。愛人は鼻で笑う。

その後、男は愛人に強引に押し倒された。抵抗の仕方を男は知らなかった。なすがままに抱きしめられ、男は果てる瞬間に涙を流した。情けないのと、悲しいのとが、同時に頬を伝った。

男はスーツを脱ぎ、ポロシャツに薄手のコートを羽織って、昼日中、時間を持て余していたせいもあって、とくに目的もなく、あてもなく、誰もいない都心へと繰り出した。オフィス街ではなく、若者で溢れるお洒落な通りを、時折、サンドイッチなどを買っては頬張りながら。

退社後、一度警察に呼び出され、辞めた理由を問われた。男は、歌を盗まれ仕事をする気力が失せたから、と答えた。

会社を辞めてみて、はじめて分かったこともあった。いろいろな縛りから自由になると、もちろん不自由なことも多々あったが、それでも働いていた頃よりはずっと体が楽になった。

男は歩きながら深呼吸を繰り返した。いつもはあくせく働いている時間である。ネクタイもしめずに、こうやってのんびりしたのは何年ぶりのことだろう。仄かに冷たい風が男のポロシャツを膨らませるたび、胸元の皮膚がきりりと引き締まるのを覚えた。

男はビルの谷間を抜けて、テニスコートやレストランなどが点在する、この辺りで一番大きな敷地を有する公園へと踏み入った。木々が繁る森の中程に歴史博物館があった。ベンチの上に男は立ち、辺りを見回す。顎《あご》を突き出し、背筋を伸ばし、空気を肺の奥深く吸い込んでみる。いきなり歌おうとせず、まず、時間をかけて体の中の流れを整えることから始めた。息を止めて、それからゆっくりと吐き出してみる。すー、はー、すー、はー。次に首を大きく回し、さらに肩の筋肉をほぐしてから、まずは小さく、あー、と声を押し出してみる。その音にちょっとビブラートをかけ、可能な限り伸ばす。歌えないわけがない。ぼくから歌を奪い取ることなんか誰にも出来やしないのだ、と自らに言い聞かせた。

――盗まれたのは歌ではない。それは……

もう一度、さらに力強く、あー、と発した。今度は少しずつ音階をあげていきながら。腹の底から声を出しつづける。新しい歌を作ればいいのだ。誰かが作った歌なんかではなく、自分のための新しい歌を。

声は公園の森に響きわたった。心の鍵盤を叩き、声に音階を付けてゆく。音程を一度あげ、次に二度下げる、という具合に。それは次第にメロディらしきものへと変化していく。

「ぼくはーきみがーすきだー」

調子っぱずれのメロディに今度は適当な歌詞を付けてみた。男は笑いそうになる。音階を少しずつあげて、最後は天に放つように声を伸ばした。すきだー、のところで声が裏返ってしまう。急いで息を吸い込んで、呼吸を整えてから、もう一度大きな声で歌った。

「ぼくはーきみがーすきだー」

流行歌のような、ちゃんとしたメロディではないが、男の胴間声《どうまごえ》は堂々と音階をなぞっている。そうだ、これは歌だ。間違いなく、自分だけの新しい歌。

「ぼくはーきみがーすきだー」

男はさらに大きな声で歌った。だんだんと歌らしい骨格を整えていく。

なりふり構わず、手を振り回しながら、間奏まで付けて。通り掛かった郵便配達人が自転車を止めて、男を見つめた。男は配達人に向かって手を振り、ぼくはーきみがーすきだー、と歌った。配達人は笑い、再び自転車を跨《また》ぐと、逃げるように漕ぎだした。ランニングをしている中年の女性に向かって、男は歌った。男の前を横切る時、女性は俯《うつむ》きながらも微笑みを浮かべてみせた。

次第に高揚してきた男はオーケストラの指揮者のように両手、頭、全身を振りはじめた。肉体の内側で、何かが剥がれ落ちていくのを感じる。咽喉《のど》の壁に張り付いているどろどろとしたもの、——悲しみや、憎しみや、怒りや、恨みや、嘆きや、後悔といったものの滓《かす》が、声を腹の底から発するたびに吹き飛んでいくような感覚を覚えた。縮こまっていた何かが胃袋の中心からむくむくと膨らみだし、まるで地面から突き出た植物の芽のように、男の内部ですっくと立ち上がった。誰もぼくから歌を盗むことなんか出来やしない、と男は強く自分に言い聞かせ直した。それは、ぼくはー、きみがー、すきだー、と歌うたびに確信へと固まっていく。

「ぼくはー、きみがー、すきだー」

「ぼくはー、きみがー、すきだー」

「ぼくはー、きみがー、すきだー」

男と妻は駅前のスナックに出掛けた。

冬が終わり、春がすぐそこまで来ている季節のこと。相変わらず、妻は無愛想な顔で酒を呑んでいた。男はそれがうれしかった。

「何、にやにやしているの?」

妻が男の顔を一瞥《いちべつ》した後、言った。

「別に」

男は笑みを堪《こら》えながら、返す。

「思い出し笑いしていたでしょ。何を思い出していたのよ」

「筋肉が緩んだんだよ」

「会社をくびになった人間がにやにやしていると頭がおかしくなったのかって思われるわよ」

「くびになったのじゃなくて、自分から辞めてやったんだ」

「まあ、どっちでも一緒。わたしたちの生活が不安定になることにかわりはない」

「すぐに仕事を見つけるさ」

「不景気なんだから、そんな簡単に見つかるわけはないじゃない」

「大丈夫、きっとなんとかなる」

「世間知らずね」

「そうだよ」

そうやっていつまでも開き直っていればいいわ、と妻は、カクテルを呑み干した勢いで付け足した。マスターが空になったグラスを下げる。

「新しいの、お作りしますか？」

「ええ、同じものを」

マスターが奥に下がると、妻は、ねえ、と囁《ささや》いた。

「何？」

いつもの無愛想な妻の顔が僅かに緩んだ。見てはならないものを見たような気がして、男はまたしても視線を逸らしそうになった。

「あのね、今さらかもしれないけれど、たまには二人で何か一緒に歌ってみるってのはどう？」

「二人で？」

「そうよ、わたしとあなたとで」

その時、不意に戸が開き、季節外れの冷たい風が店内に吹き込んだ。男と妻が同時に振り返った。戸口には、いまだに厚ぼったい服を着た例の流しが、ギターを片手に立っていた。

あとがきにかえて

世界で一番遠くに見えるもの

もうずいぶん長いこと、あとがきというものを書いていない。言い訳がましくなるのも、自己満足の達成感もいやだから。

だから最後に小さな愛情物語を、あとがきに代えて記すことにする。もう少し読みたい、と思ってくださるあなたの欲求を満たすデザートのような。あるいは長い手紙のささやかな返信のごとき一篇を。

世界で一番遠くに見えるもの

世界で一番遠くに見えるものは何かしら、と彼女は円形の広場の中心で、ぐるりを見回しながら呟《つぶや》いた。彼は目を凝らし、何かな、と微笑んだ。家路を急ぐ人々が見える。誰かを待っている人がいる。抱き合い口づけをする恋人たちが見える。この街を通過するだけの旅行者の一団がいる。

彼女は彼と別れようと考えているが、彼は彼女と結婚しようと決めている。

時折粉雪が舞い、空風が通りを吹き抜けていく十二月。寒くなればなるほどに空気は澄み渡り、そのせいで街灯や火入れ看板の灯、あるいは月の朧《おぼろ》げな輝きなどが、いっそう切なく美しく見える。

彼女は冬景色を眺めながら一生は短いとため息を漏らす。彼は彼女の肩を抱き寄せながら、自分たちには有り余る時間がある、と密かに喜んでいる。

二人とも仕事に追われ、なかなか時間を合わせることが出来なかった。というわけで、今夜は久しぶりのデート。今日という日は、様々な事情と思いの複雑な重なりあいの中から選ばれた、貴重な一日でもある。

心待ちにしていた彼とはなんとも対照的に、彼女はずっと、このまま二人の関係が自然消滅すればいいのに、と願ってきた。

彼の背広の内ポケットには彼女を驚かそうと買った指輪が入っている。彼女は鞄の中に、――もしも言葉でうまく説明できない時のために、と最後の手紙を忍ばせている。

彼女は広場の中程でぐるりを見回し、限りある未来、とこっそり呟く。彼は彼女の瞳を見つめ、限りない未来がある、と思う。彼女は彼の視線をはぐらかし気味。なのに彼ときたら、その仕種を奥ゆかしさと勘違いしてしまう。

仕事が順調な彼女は、働くのが楽しくて仕方がない。それに加え、仕事上のパートナーから求愛もされている。話も合うし、魅力的で野心のあるその男性に最近心が移りはじめている。ただその男性には妻子がいる。

今朝、彼女は、正直に生きなければ、と自分に言い聞かせて起きた。一方、彼は一日中彼女のことを考えて働いている。

彼にとっては、彼女こそが世界の中心にあると言っても過言ではない。仕事はあくまでも仕事であり、生涯を傾けるべきものではない、と割り切る。家族と生きる幸せな家庭にこそ幸福がある、と疑わない。蟻《あり》のように働いて生きようと、のんびり愛だけを見つめて生きようと、結局選ぶのは自分。その選択にこそ人間らしさ、または人間だけに与えられた自由がある、と言って憚《はばか》らない。

書類の山の中で彼はふと手を休め、彼女と出会った頃のこと、抱き合った夜の彼女の切なげな顔を思い出し、一刻も早くこの仕事を切り上げなければ、と気力を振り絞る。彼にとって仕事とは人生を乗りこなすための資金源に過ぎず、彼女にとって仕事とはいまや人生そのものになりつつある。

彼女はいかなる仕事であろうと男には負けない自信があり、人生の最高の瞬間とは性差を越えて頂上へと上り詰めることだ、と確信している。出世を望まない彼とはまったくの正反対。一度しかない人生なのだから、与えられたチャンスを最大限に生かして、自分の能力と可能性を全て出し切りたい、と決意している。

二人はこの十年間、同じ方角を向いて歩いてきたつもりだった。けれども、どうやら見ていたものが違っていたようだ。彼女も彼も、永すぎた春を終わらせなければ、と考えていることでは唯一、一致している。

公園に面したホテルのレストランで二人はアペリティフを呑んでいる。彼女の瞳を見つめる彼。その優しい微笑みから逃れ、窓の外を眺める彼女。コートの襟を立てた人々が足早に通りを横切っていく。彼女は窓ガラスに顔を近づけ、上を覗く。木立の向こう側に大きな観覧車があり、それはまるで宝石を鏤《ちりば》めた巨大な腕輪のように、この街の上空で、美しい輝きを放ちながら回転している。

出会ったばかりの頃に乗ったね、と彼も窓際に顔を近づけて呟く。あれに？　わたしと？　彼女は楽しい思い出を忘れている。彼は辛い思い出を忘れてきた。

過ぎ行く歳月の中、二人の間には様々なことがあった。気持ちを持続させるのは難しい、と彼女は微笑む彼の顔を見ながらこっそり結論らしきものを導きだす。繰り返すことの中に真実を見つけなければならないものが人生である、というのが彼の持論である。急がず、焦らず、ゆっくりと、けれども堅実に、確実に上り詰めていく。この街の上空へと登る、あの観覧車のように。

ぼくには輝かしい二人の未来が見えている、と彼はついに告白した。そう遠くない未来、ぼくらは一つの舟に乗り、対岸を目指す。そこには素晴らしい暮らしと安定が待っている、と。彼女は彼の告白を阻止し先回りをしなければならない。待って、わたしにも未来が見えているのよ。彼は満面の微笑みを浮かべ、そうだろうとも、と思う。彼女が自分と同じ未来を見ているもの、と勘違いをしたせいで。

料理が運ばれてきて、二人は昔話をしながら食べる。ここのところすれ違う方が多かった。けれども、これからはもう少し時間を作って沢山会うようにしよう、と彼が提案する。今は大きな仕事があって、責任の重さとそれを全うする素晴らしさを同時に噛みしめているところだから、と彼女は柔らかく回避する。

別れ話を持ち出すにしても、彼を悪者にはしたくない。心は離れつつあるが、最後は綺麗に美しく別れることを彼女は望んでいる。彼は思い出に縋《すが》っている。彼女は思い出から離陸しようとしているのだ。

ワインのメニューが再び登場し、彼はブルゴーニュを彼女はボルドーを欲した。そもそもわたしたちは根本的なところが合わないのよね、と彼女。彼は、ボルドーの赤も悪くはない、と慌てて軌道修正をする。

でも、長い人生を一緒に乗り切るには、多くの部分で共通点がなければ駄目じゃない？

いいやそうとも限らない。凸凹コンビという言葉があるように、お互いがお互いの欠けた部分を埋め合う方がうまく行くこともあるんだ。でも全てがぴったし来る人とわたしは生涯をともに生きたいと思うの、と彼女が強く主張すると、ぼくは君と本質においては、全てぴったり来ていると思うけどな、と彼が強引に話を纏《まと》めた。

ソムリエが注ぐブルゴーニュワインをテイストした彼は、素晴らしい、と絶賛する。一口飲んだ彼女は顔をしかめる。

別れ話を持ち出したい彼女はあらゆることに苛立ちを覚えはじめている。彼を責めてはならない、と言い聞かせているのに、どうしても話題は二人の性格の不一致をついてしまう。

そんなことはない、ぼくらは兄妹のように似ているだけさ、と彼が言い返す。似すぎているのは危険よ、彼女はさらに注文をつける。兄なんか欲しくないわ。それは言葉のあやで、ただぼくは君の良き理解者になりたいだけさ。待って、理解者？　わたしの何をあなたは理解しているつもり？　待って。その前に君はぼくに何を望むのか教えてくれないか？　わたしはね、あなたが望まないものが欲しいのじゃないかしら？

どうすればいい、とさすがの彼も忍耐できずに、眉間に皺を寄せて返した。彼女は肩をすくめ、しばらく時間をあけてみるのはどうかしら、と切り出した。つまり距離を置くということ？　そうよ。そういう時期なんだと思うの。

不意に彼の顔が強張《こわば》った。急に何を言いだすんだ、と困惑気味の顔。一気にことをすすめてはならない、と彼女は心にブレーキをかけ、出来る限り優しい微笑みを浮かべてみせる。口許で笑って目元は冷静に。彼は視線を逸らし窓の外を眺める。公園のマロニエの木立の間に、キラキラと輝く観覧車の灯が垣間見える。

美味しい料理を食べ終えたというのに、気まずい空気が二人を包み込んでいる。彼女が何を考えているのか、今や彼には理解できない。不意に分厚いカーテンが二人の間に引かれてしまったような圧迫感。そういう時期、という響きが彼の頭の中で反響している。彼が力なく落ち込んだのを見て、彼女はちょっと後悔をしている。こんな風に結論を急いでいいのだろうか。不意に彼女の中でこの十年の思い出が蘇る。家族の思い出にも似た歴史のある記憶。いつもどんな時もすぐ隣に彼がいて、微笑んでいた。

沈黙に後ろめたさを覚え、押し黙ったまま窓の外を眺める彼に向かって、何が見える、と彼女は訊ねた。彼は、公園、観覧車、光り、と答えた。こっち見て、と彼女が言う、彼は仕方なく彼女を見つめる。そこには彼女、毎日心に思い描いてきた大切な人、がいる。

彼は結婚を申し出るつもりでいた。なのに、今事態は急転直下百八十度の方向転換を求められている。これは何かの間違いではないのか。きっとそうだ、感情的になって、彼女の一時の気まぐれに乗ってはいけない。冷静に慎重になるべきときなのだ。

ぼくには君が見えている。いいやずっと君しか見えていなかった。これからも君しか見えないだろう。彼女は優しく微笑み返し、でもね、と前置きした。ちょっと視線を逸らしてみて、このレストランの中には大勢の人がいる。ほら、あそこに初老のカップルが見えるでしょ。

彼は彼女が指さす方へ頭を向ける。笑顔のたえない幸福そうな二人が見える。絵に描いたようじゃないか、と彼は呟く。彼女はかぶりを振る。でも陰りがあるわ。きっとあの二人は何十年も連れ添ってきた夫婦ではないわ。二人にはそれぞれちゃんとした家庭があって、でも彼らはその家庭では満足できなくて、外に本当の愛の在り処を見つけたの。見せかけの幸福の後ろでひっそりと紡《つむ》いできた愛なのよ。

彼は、どうして君はそういう不幸な想像しかできないの、と悲しげに呟いた。彼女は反論をする。世界とはあなたが思っているように、黄金の小箱に収められた愛の詰め合わせではないのよ。世界はもっと複雑で、もっとやっかいなもの。でもその困難の中で人は本当の愛を獲得していくものだと思う。そう言いたかっただけ。

じゃあ、ぼくを見て、と彼が言い返す。彼女はまっすぐに彼を見つめる。何が見える、と彼は同じ質問をした。もちろんあなたよ、と彼女。もっと見てごらん、何が見える？　彼女は目元に力を込めて彼を見た。そうね、二人の歴史が見えるわね。彼は微笑んだ。まだ学生だったぼくらは出会い、恋に落ち、長い時間をともに走ってきた。ここにはそれなりの時間が横たわっている。そうじゃないかな？

ぼくは年齢に相応《ふさわ》しい分、それなりにふっくらした。目尻の皺も白髪も多少目立ちはじめた。でも今君が見ているぼくの変化と同じものが君の上でも起こっている。それが人生というものだし、時間という無常だろう。それは素晴らしいことだとも言える。これから先、最後の瞬間まで、あの入り口の近くに座る老夫婦みたいに、日々の美しい彩りを語り合う関係でいたいんだ。

彼女は笑った。あなたの言い方だと、愛人関係というものは薄汚いみたいね。愛人であろうと幸福はある。大手を振って人に、自分たちの存在を明かすことが出来ないかもしれないし、社会は認めないかもしれないけれど、幸福であるなら、二人にとってはそれで十分じゃない。幸福はあなたが考えているほど一元的ではないのよ。人間の数だけ幸福の形がある、とわたしは思うの。その一番素晴らしいものと出会うことが重要であって、形式なんかなんの意味もない。人間は生まれて死ぬ。その間、どれだけ自分に嘘をつかず正直に向かい合うことができたか、で全ては決まる。

彼はじっと彼女を見つめた。そして、言いたいことは理解できる、と優しく諭《さと》した。でも、自分だけがよければそれでいいということはない。自分に嘘をつかないことは立派だが、その結果として他人を傷つけるようではいけない。そういう人生をぼくは生きたくないし、生きては来なかった自信がある。

二人は無言でレストランを出た。店を出る間際、彼と彼女は初老のカップルを見つめた。老紳士が二人に気がつき、先に微笑んだ。すぐに女性の方も振り返り、似たような笑みを投げつけてきた。彼は真相を確かめようとしたが、彼女が彼の腕を引っ張った。二人は初老のカップルに、別れを告げて店を出た。

通りに一歩足を踏み出した途端、二人は吹き抜ける空風に思わず身をすくめてしまった。近くにいるのに、近づくことが出来ない遠さを彼は感じた。手を握りたいのに、何かが彼を躊躇《ためら》わせる。彼女の背中を見つめ、途方に暮れる。こんなはずではなかった。どうしてこんなことになってしまったのだろう。

二人の間を、腕を組んだ恋人たちが割って入る。旅行者らしき家族が二人の目の前を楽しげに通り過ぎていく。大通りを無数の車が通り過ぎていく。二人だけが、路上に取り残されてしまっている。いったい何が起こったのか、彼には理解が出来ない。描いていた幸福が音も立てずに壊れていくのを、ただじっと傍観していなければならない、だなんて。彼の内ポケットの中には手渡すことができずにいる指輪が仕舞われている。

何が見える？　彼は必死に目を凝らした。彼女の背中。暗い世界。粉雪。彼はふっと顔を上げる。そこには輝く巨大な観覧車がある。天界へと登る勇壮な輪。彼女も同じように上空を見上げた。すぐ真上にあるせいでか、観覧車が回っているのではなく、宇宙全体が回っているように二人には見えて仕方がない。

昔あそこにわたしたちは登ったの？　彼女が呟いた。彼は一歩彼女に近づき、ああ、と戻した。もう覚えていないようだけど付き合いはじめたばかりの頃にね。彼女は記憶の複雑な結び目を解こうとするが、手元が焦るばかりで、うまくいかない。わたしは楽しそうだった？ 彼は昔日《せきじつ》を見つめながら、うん、とっても、と応える。

しばらくして、彼女は観覧車に乗りたい、と言いだした。吐き出す息は白い。車のエンジン音が遠ざかる。風が止み、視界が広がる。自分の心臓の鼓動が聞こえた気がした次の瞬間、彼は彼女の腕を摑むと、迷うことなく大通りを渡りはじめた。

公園の一角に設置された遊園地には、観覧車の順番を待つ人々の列が出来ている。その中に彼と彼女は並んでいる。彼女は、この観覧車の中で決着をつけなければ、と自分に向かって再度強く言い聞かせている。ぐずぐず誤魔化して生きる方が失礼というもの、彼は大人だし、はっきりと気持ちを伝えれば理解してくれるに違いない、と。一方彼は、この観覧車の中で離れていこうとする彼女の気持ちを引き戻さなければ、と考えている。自分がどれほど愛しているのかを伝えることが出来れば、きっと彼女は本当に大切なものが何か、気がついてくれるはずだ、と。

近くで見上げると、観覧車の大きさが想像以上のものであることに驚かされる。そしてその速度に圧倒される。ゴンドラはまるでスキー場のリフトのように次々に下りてきて、並んでいる乗客らは飛び込むように乗り込んでいく。子供や高齢の客は、大声を張り上げながら、飛び乗っている。順番が来て、二人もせき立てられるように飛び乗った。ゴンドラの中は狭く、まるで人工衛星の中にいるよう。上空へと登っていくゴンドラの中で、二人は向かい合って座った。彼女は彼の後ろに広がる世界の美しさに目を奪われ、同時に昔彼と観覧車に乗ったことを思い出した。若々しい青年の彼が記憶に蘇《よみがえ》る。目を輝かせ、夢を語っていた青年。あれから十年、二人の間を無為な時間が流れていった。

ゴンドラが高度を上げれば上げるほどに、彼女の目には様々な景色が飛び込んでくる。街路樹よりも高く、さらには歴史的な建造物の屋根よりも高く、ゴンドラは登る。眼下に公園が見える。彼方にキラキラと瞬《また》く美しい街の夜景が広がる。宝石をまきちらしたような世界がそこに。彼女は思わず、綺麗、と零《こぼ》してしまう。彼は優しく微笑み返す。彼女は輝く世界の中心に、彼を発見する。

何が見える？　彼の質問に彼女は笑って、変わらないあなた、と返す。あなたには何が見えるの、と彼女。彼は彼女の瞳をじっと見つめて、自分、と答える。瞳の中にぼくがいる。彼女は吹き出す。あなたの目の中にもわたしがいるわ。そうやって昔はお互いを見つめ合って生きていたんだ。彼が言うと、彼女の笑顔が不意に萎《しぼ》む。そうね。彼女は視線を逸らした。

果てしなく続く世界。地平線の先まで家々の灯が続いている。一つ一つの灯の中にまったく別々の人間の営みがある。彼はそのようなことを話す。彼女はつまらなそうに聞いている。

もたもたしている暇はない。彼がこの光りの中に希望を取り戻してしまう前に、結論を出さなければならない。彼女がこの輝きの中で希望を見つめている間に、説得しなければならない。わたしは、と彼女が言った時、彼も同時に、ぼくは、と言った。二人はお互いの顔を見て、次の言葉を呑み込んだ。

美しい世界がそれぞれの背後を彩っていく。果てしない世界に圧倒されながら、同時に身近な問題を見つめなおす二人。この世界で一番大切なものは何だろう、と彼女は一瞬迷う。人間の数だけ世界があるのだ、と彼は改めて知る。

見つめ合う二人。彼は彼女の瞳の中に、銀河がある、と思う。彼女は彼の瞳の中に、時間の流れがある、と思う。こんなに近い場所にもう一つの歴然とした世界がある。二人はそれぞれの気持ちがせっかちな地球の時間の中で動いていることを悟る。彼は、相手のことをもっと考えるべきだった、とささやかに気がつく。彼女は、結論を出すのは今日でなくとも構わないだろう、とかすかに思いつく。

頭上に宇宙が迫ってきている。眼下に世界が広がっている。観覧車が不意に止まる。それが唐突な事故によるものか、故意に行われたものか、分からない。とにかく二人を乗せたゴンドラが観覧車の一番頂上で停止してしまう。

モーター音が止まり、静寂に包み込まれる。ギイ、ギイ、ギイと金属の擦れる音だけがゴンドラの中で寂しく反響している。

彼女の銀河が彼を包み、彼の時間が彼女の上を流れていく。その瞬間、世界が二人だけのものとなる。愛しあった想い出が彼女の頭上にまるで雪片のように降り注ぐ。不安定な大観覧車の頂上で、ゴンドラは風と引力に左右されて微かに揺れている。

世界が傾いているような感じがする。大気圏に突入する人工衛星の中にいるような錯覚が起こる。このまま地球に戻れなかったら、と彼女が呟く。流星のように大気圏で燃え尽きてしまったら、と彼が言う。でも人生なんてしょせん儚《はかな》いものだから、諦めるよりほかないわね、と彼女があっさりと結論を導き出す。

ギイイイイ、とゴンドラが音をたてながら揺れて、彼女は思わず彼の手を摑む。思わず、の中に生にしがみついている人間らしさが垣間《かいま》見える。摑まれた手をしっかりと握りしめる彼。でも、もしもそうだとしても、ぼくは最後までこの手を離さない、と彼は消えかかるほどの小さな声で宣言する。彼女は聞こえないふりをし、彼は自分の言葉に赤面をする。

世界で一番遠くに見えるものは何かしら、と彼女が沈黙に耐えきれずに質問をした。二人は眼下を見下ろす。地球の果てまで続く都会の景色が広がっている。二人は東西南北を見渡す。家、屋根、煙突、塔、道、教会、川、雲、空、そこで二人は同時に上空を見上げる。空が一番遠くにあるのかな。いいえ、月よ。月よりも太陽、太陽の方が遠い。いや、そうじゃない、太陽よりもずっと遠くにあるものがある。分かった。星ね。二人は星を見つめた。何億光年もの彼方から、計り知れない時間を経て到着する輝き。そうか、世界で一番遠くに見えるものは星だった。彼は納得し頷く、彼女の口許も緩《ゆる》む。二人は再びお互いの目を見つめ合う。永遠というものがあるのなら、この瞬間こそが永遠であったに違いない。

星よりも遠いものが人間の目の中にある。銀河はそこにある、と彼女は思う。時間がそこで流れている、と彼は思う。その果てしないものを抱えて人は生きているのだから、尊いものを慈《いつく》しみたい、と二人は感じた。ものすごく近くにありながら遠くにあるもの。

もっとも遠くにありながらすぐそばにあるもの。それが君で、それが自分。

どちらからともなく、二人は口づけをした。沈黙が静かに降り注ぐ。星の光りがゴンドラを、観覧車を、冬の街を、この限りある世界を、限りなく包みはじめる。

ガタンと大きな音がしてゴンドラが大きく揺れた。観覧車が再び動きはじめる。何が起きていたのか、二人には分からないし、もはや関係もない。キスをしながら彼女が笑い、彼は笑い続ける彼女の後頭部を手で押さえつけて、いっそう激しく愛する者を引き寄せる。彼女は両手を振り上げて、降参をし、彼もつられて笑い出した。歯と歯がぶつかりあい、それから二人は真剣に口づけをした。

ゴンドラの窓ガラスに粉雪がぶつかる。雪の結晶がガラスに張りつき、まもなくそれはゆっくり、音もなく消えた。儚《はかな》さと尊さ、同時に存在できる瞬間もあるのだ、と二人は偶然同じ瞬間に考えていた。

解説

降り注ぐ物語の光

野崎　歓

　この本はもともと『アカシア』というタイトルの単行本だった。かつて『アカシア』を読み始めてたちまち引き込まれたときの興奮を、ぼくはありありと覚えている。

　パリの街角に見られるような、「十九世紀中葉の建造物」のなかにある郵便局を舞台とした冒頭の作品「ポスト」の、静謐で謎めいた雰囲気にまず魅了された。窓口に座っている「私」の前に、なぜか毎日、ひっそりと姿をあらわす女。ひとことも言葉を交さないまま、いつしか「私」はふしぎな絆で女に結びつけられていく。両者のあいだに特別な事件が起こるわけでもないのに、深い感情の動きがそこに生ずる。複雑な屈曲を経て、「私」の気持ちが「陽光によって溶かされる朝もやのように」すっきりと晴れるまでを描くこまやかな筆遣いに、感嘆を禁じえなかった。

かと思えば、文明社会と完全に隔絶した状態を保って暮らす部族のただなかに投げ出された男の運命をたどる「明日の約束」の、大胆な構想力に驚かされた。内戦中の地域で、医療援助活動に携わるボランティアの医師が、ゲリラの攻撃を受けて密林の中へ逃亡する。そんな冒頭部がいかにもアクチュアルな暴力性を放っているだけに、密林の奥に忽然とあらわれる平和な別世界のイメージはうっとりするような甘美さをたたえている。そこで主人公は自分の名前も、文字言語も、時間の意識も失って、「無邪気な光りの子供」である少女と言葉の通じない共同生活を営み始めるのだ。

妻とのコミュニケーション断絶におちいった夫が「光りそのものを纏《まと》っているような鳩」との交流のうちに救いを求める「ピジョンゲーム」。少年が周囲の人間たちの秘めた残酷さを白日のもとに暴く「隠しきれないもの」。そして「歌どろぼう」の被害が頻発するなか、危機を迎えた夫婦が、何とか歩み寄る契機を探ろうとする最後の短編にいたるまで、多様な設定と自在なスタイルにたえず新鮮な興味をかきたてられつつ、各作品の放つきらめきを受け止め続けた。さらにはあとがきにかえて、もう一編アンコール曲が披露されるのだから、ストーリーテラーとしての作者の気力充実ぶりに瞠目するほかなかったのである。

このたび『明日の約束』と改題された本書を再読して、そうした印象には少しも変りがない。男女のディスコミュニケーションや、現代社会に生きる人間の抱える存在の不安にぴたりと照準を合わせながら、作品の言葉はみずみずしく、迷いがなく、いきいきとした流れを作り出す。物語の舞台は、フランスやアメリカ、あるいは日本のどこかを思わせはするものの、しかし特定の地名は決して与えられず、描写には、その土地に対して読者がすでにもつイメージを当てにした部分がない。作者はそれぞれの短編をとおして、いわば純粋な物語の時空を開いてみせるのであり、そのいさぎよい姿勢が作品の言葉に透明性を与えているように感じられる。

改めて面白さを満喫した一編が「隠しきれないもの」だった。「キリストは白人だったと思いますか?」と大人に問いかける少年を主人公とするこの作品は、少年の足取りが描き出すあてどないジグザグの動きに文章のゆくえを一致させた、きまぐれで自由なスタイルをもつ。だがその足取りはまぎれもなく、一見平和な街にひそむ危機に誘導されたものなのだ。子供のイノセンスと大人の退廃とが不可避的に引き合うような地点へと向けて加速していく物語の、軽快な崩壊感覚がすばらしい。しかもそれが「光りが眩《まばゆ》く降り注ぐ午後」の強い日差しに照らし出されたドラマである点に、著者の変わらぬ向日性を感じる。

『ピアニシモ』でのデビューから約二〇年。著者はその資質をのびやかに育み続けて、ついに、物語の光がまんべんなく降り注ぐような自在境に突き抜けていこうとしているのではないか。実験的な試みをも肩肘張らずさらりと実現してしまう、この作品集の融通無碍《むげ》なスタンスを見るにつけ、そう思われてならない。

『明日の約束』の先には、『ピアニシモ・ピアニシモ』における少年の「灰色」との戦いが待っているだろう。その戦いはまたさらなる新たな挑戦につながっていくことだろう。辻仁成はいうまでもなく、複数の領域を横断しながら活躍する表現者である。しかも彼の中核を支える言葉は、いよいよ光度を増している。読者はどうかひととき、本書の文章に身をゆだねて、その事実をまざまざと感知していただきたい。

（フランス文学者）

単行本『アカシア』二〇〇五年九月　文藝春秋刊
*文庫化にあたり改題しました。

文春文庫

明日《あした》の約束《やくそく》

2008年9月10日　第1刷

著　者　辻《つじ》仁《ひと》成《なり》

発行者　村上和宏

発行所　株式会社　文藝春秋

東京都千代田区紀尾井町3-23　〒102-8008
TEL　03・3265・1211
文藝春秋ホームページ　http://www.bunshun.co.jp
文春ウェブ文庫　http://www.bunshunplaza.com

落丁、乱丁本は、お手数ですが小社製作部宛お送り下さい。送料小社負担でお取替致します。

印刷・大日本印刷　製本・加藤製本
Printed in Japan
ISBN978-4-16-761205-4